神様とゆびきり

佐木呉羽
SAKI Kureha

文芸社文庫

一

サヨは納屋から顔を覗かせ、周囲を確認した。視界の範囲には誰もいない。音に注意を払いながら納屋の戸を閉め、一目散に走り出した。

西に傾き始めた日の光が影を長くする。

焦りと緊張から、心臓は別の生き物のように暴れ始めた。

目指す先は、草木が鬱蒼と茂る森の中にある池。

代々名主を務めるサヨの家の敷地が、全て呑み込まれてしまうくらいの大きな池だ。ほとりに祠（ほこら）が建つその池は、池の主（ぬし）であり、村の守り神となっている大蛇（おろち）が祀られていた。

池の水は澄み渡り、中を覗き込めば、遥か昔に倒れて沈んだ大木の姿が見えるほどだ。深い池の底で幾重にも重なって沈む大木を住処とした魚達は、森を形成するが如く自生している数種類もの水草に守られていた。

池の主が住む池は、生命に満ちていたのだ。

しかし今、池の水は、土砂の混ざった濁流が流れ込んだかのように混沌としている。

水底に折り重なっていた大木の姿は、全く見えない。水面には、腐ってぬめり気を帯びた水草が群れとなって漂い、息絶えた魚や虫が浮かんでいる。池の周囲には、鼻を摘みたくなるような異臭が充満していて、まるで邪気が満ちているようだ。

池の主が住む池に異変が起きたということは、池の主の身になにか起きたのかもしれない。

胸騒ぎが消えないサヨは、父と兄から外出禁止を言い渡されているにもかかわらず、人目を盗んで家を抜け出すことにしたのだ。

休むことなく走り続け、池の手前でひと息入れた。荒い呼吸を整えながら、森の中を見渡す。暗くなり始めた森の中は、魑魅魍魎が跋扈しそうな雰囲気を漂わせている。

まるで、この世とあの世の境界があやふやとなり、入り混じっているようだ。

勢いで飛び出してきたけれど、もう少し日が高い時間にすればよかったと後悔した。

ふと、祠の前に立つ人影に気付き、静まりかけていた心臓が飛び跳ねた。

野盗の類だったら、気付かれる前に逃げなければ。捕まりでもしたら、人買いに売られてしまうかもしれない。

早鐘を打つ心臓を鎮めるように、胸に両手を当てる。来た道を戻るべく慎重に一歩を踏み出すも、草を踏む音がやけに大きく聞こえた。

——シャリン

背後で鳴った鈴の音に、小さな悲鳴を上げた。

肩に手を置かれ、反射的に右の拳を繰り出す。しかし、殴り掛かったサヨの手は難なく摑まれ、勢いのまま体を反転させられると逆の手首も拘束された。

残された攻撃手段は、叫ぶか蹴るかの二通りだ。

「サヨ！　私だ」

聞き覚えのある声に名を呼ばれ、悲鳴を喉の奥に押し止めた。目を開けて恐る恐る人物を確認すれば、黒みがかった蒼い瞳が怯えた自分を映している。

間近にあった端正な顔立ちが誰なのか認識すると、サヨの顔は熱を帯びた。

長い黒髪を一つに括り、笈を背負った行者姿の青年は、幼い頃から思いを寄せる人物だ。

「ハヤテ様……」

震えた声で名を呟くと、ハヤテは心配そうに眉根を寄せた。

「どうしたんだ？　こんなところに一人で」

サヨは逡巡したのち、ハヤテから目を逸らして小さな声で答える。

「池が、心配だったので……様子を見に来たんです」

「だとしても……日が沈む頃に、一人で森に出向くのは賢明な判断とは言えないよ」

ハヤテはサヨの頭に手を置き、暗い森の中に視線を向けた。

「さっき、ここに来る途中で追剥に遭った。だからここも、安全とは言いがたい」

「えっ、追剥って……」

「大丈夫だよ。なにも取られてないし、ちゃんと穏便に対処したから」

ハヤテの浮かべる爽やかな笑顔が、このうえなく嘘臭い。本当に穏便だったのか、疑いの眼差しを向けていると、心外だと言わんばかりにハヤテは肩を竦めた。

「その様子じゃ、信じてないね」

「だって、そういうとき武術は使わなくても、呪術や幻術は使いますよね」

十歳になる前から山に入り、修行をしているハヤテは修験者であり、怨霊悪鬼と対峙する凄腕の呪術師だ。武術に呪術、幻術に秀でているというのだから、生身の人間に術を掛けるなど、いとも容易いことだろう。

「自分の身は、自分で守らないとね」

当然とばかりに、あっけらかんと言い放つ。

「それで、今回は、どんな術を使ったんですか？」

「ボロボロと、乾燥した土みたいに体が崩れ落ちていくような幻術をね」

暴力とは違う種類の恐怖だろう。

いくら幻術とはいえ、自分の体が崩れていく様など見たくもない。

追剝が感じた恐怖を想像し、苦笑いを浮かべた。

「それ、全然穏便じゃありませんよ」

「悲鳴を上げて逃げて行ったけど、血は流れてないよ。とても平和的な解決だ」

しかし、とハヤテは池に目を向けた。

「ひどい有様だな」

池の主である大蛇は、不作に瀕していた村に、水と豊作を与える代わりとして自分を祀れと、サヨから数えて四代前の村の長に交渉を持ち掛けたと伝えられている。水不足で作物が育たず困り果てていた村人達は、背に腹は代えられぬと池のほとりに祠を建立し、大蛇を祀ることにした。

それ以来、近隣の村が不作に喘いでいても、サヨの住む村だけは作物が採れるのだ。

村の長である名主を務めるサヨの家が、代々この祠の面倒を見てきた。

現在の長は、サヨの父。次の長となり祠の面倒を見ていくのが、サヨの兄であるタンユだった。

「主様を祀ってから、池で異変が起きたなんていう言い伝えは残っていないって、兄様が言ってました。初めての事態だから、どうしたらいいのか分からないって」

だから、とサヨはハヤテに笑みを向ける。

「ハヤテ様が来てくれて、みんな安心すると思います。近頃は、村のみんなが噂してるんです。よくないことが、起きるんじゃないかって」

「よくないこと？」

サヨは俯き、ハヤテの着物の袖を握り締めてポツリと不安を口にする。

「主様の住む池があんなふうになったら、いいことが起こるなんて誰も考えませんよ」

「それも、そうだな」

池を一瞥したハヤテは鈴の付いた錫杖を肩に担ぎ、村に帰ろう、とサヨを促した。

夕日に染まる森を抜け、村の集落に続くあぜ道を二人で歩く。

ふと視線を地面に向ければ、サヨとハヤテの影が西日を受けて長く伸びていた。

ハヤテの斜め後ろを歩いているサヨが、もう少しハヤテの前を歩けば、重なった影が手を繋いでいるように見えなくもない。

小走りになってハヤテの前に出ると、歩幅を調節しながら影の位置を調整する。

あともう少しで、二つの影が手を繋ぎそうだ。

すると突然、ハヤテの影が動かなくなった。ハヤテが、歩みを止めたのだ。

残念に思いながら振り向くと、ハヤテは懐を探っている最中だった。

「あ、あった」

嬉しそうに呟くと、わずかに緊張した面持ちで、手にした物をサヨに差し出す。

「これ、あげる」

ハヤテが手にしていたのは、手の平に収まる大きさの薄い桐箱だった。

「私に？　いいんですか」

おずおずと、差し出された桐箱を受け取る。慎重に箱の蓋を開けて中身を確認すると、感嘆を漏らした。

艶やかな光沢を放つ黒い漆。金に縁取られ、流水のように細く太く描かれた帯状の三本の赤い筋。銀に縁取られた白い桜が大きく二つ、小さく一つ描かれている櫛が収められていた。

「都の市で見付けたんだ。サヨに似合うだろうなと思って。だから、おみやげ。人がいると、渡しにくいからね」

手の中にある櫛をまじまじと眺め、信じられないという気持ちでハヤテを見上げた。

茜色の空に浮かぶ夕日に照らされ、ハヤテの顔色は判然としない。

だけど、ハヤテの浮かべる穏やかな微笑みが、サヨの胸の奥を締め付けた。

「ハヤテ様……」

「気に入ってくれたかな」

不安げなハヤテに喜びを伝えたくて、満面の笑みを浮かべる。

「とっても嬉しいです。ありがとうございます！　使うのがもったいないくらいです」

「そんなこと言わずに、使いなよ」

安堵したのか、柔らかな笑みを浮かべたハヤテの手が伸びてくる。ハヤテの手が髪に触れると、サヨはわずかに身を強張らせた。

「きれいな髪をしているのだから、使ってあげないと櫛も可哀想だよ」

髪の流れに沿って優しく動く手。髪を梳く指先が、サヨの頬にかすかに触れた。一瞬にして、熱が全身を駆け抜ける。

ハヤテが触れてくれることが嬉しくて、サヨは遠慮気味に、ハヤテの手にそっと手を添えた。彼の手は、とても温かい。

「あ、すまない……」

サヨの手から逃れるように、ハヤテは慌てて手を引っ込める。バツが悪そうに片手で口元を覆うと、錫杖をクルリと回して持ち直し、顔を隠すように身を翻した。

どうして、私に触れたの？　なんで、私だけに櫛をくれたの？

私のことをどう思っているの？

聞きたいことが次から次へと押し寄せてくる。けれど、手を添えられたことに狼狽しているハヤテを見て、溢れ出しそうになる想いに気力で蓋をした。

（きっと、この想いは口にしちゃいけない。告げれば、もうハヤテ様に会えなくなるかもしれないから……）

サヨは行き場を無くした手を握り締め、口角を無理やり引き上げると、気にしていないというように精一杯の笑みを浮かべた。

「日が暮れちゃうから、早く帰りましょう」

ハヤテの袖を引っ張り、サヨは歩き始める。

手に持ったままだった桐箱を懐にしまい、着物の上からそっと手を添えた。

櫛が入っている桐箱の、確かな感触がここにある。それだけで幸せじゃないかと、繰り返し自分に言い聞かせた。


村に入ると、物々しい雰囲気が満ちている。

松明(たいまつ)を持った村の男達が集まり、遠巻きに様子を見守っている女性達の表情は、どことなく不安に曇っていた。

「どうしたんだろう。みんな集まってる……」

「総動員で山狩りでも始めるつもりか？」

ハヤテの視線の先には、松明に火を点ける男達の姿がある。サヨは集団の中に兄の姿を見付け、走りながら声を張り上げた。

「兄様、兄様ー」

視線を巡らせて、タンユは声の主であるサヨを探している。

「タンユ！　ここだ」

ハヤテは声を張り上げ、錫杖を掲げた。

タンユはようやくハヤテに気付き、やっとサヨを視界に捉える。途端にタンユの表情は、赤く険しく変貌していく。赤鬼のような形相に、サヨは走る方向を逆にして、逃げ出したい衝動に駆られた。

「外出は禁止だと言っただろ。言い付けを破るのは、これで何度目だ」

拳を震わせながら、大股で歩み寄って来る。

サヨは、後ろからついて来ていたハヤテの背中に隠れた。

「ハヤテを盾にするな。潔く出て来い！」

「嫌です！　兄様怒ってるから、絶対に嫌です！」

「怒られる行動をお前がするからだろう。村のみんなにも心配かけて……迷惑を考えてから行動しろ。この愚か者が」

「愚か者って……」

捜索隊まで組まれてしまった事実には、さすがに申し訳ないと思う。でも、愚か者というひと言は心外だ。

「こらこら、兄妹喧嘩は人目のないところでしなさい」

見るに堪えなかったのだろう。いがみ合う二人をハヤテが取り成した。

「みんなが困ってる。とりあえず、どうしたらいいのか指示を出してあげないと」

「そうだった。すまない」

今度は恥ずかしさに、タンユは顔を赤くする。サヨの頭を鷲摑みにして強引に下げさせ、自分も深々と頭を下げた。

「みんな、騒ぎ立てて申し訳なかった！」

タンユが声を張り上げて謝罪をすると、周囲からざわめきが消える。脱力と安堵が混じった笑いが広がっていった。

「タンユ様、頭を上げてよ」

「旦那様の留守中に、なにかあったら大変だもんね」

「そうそう。サヨ様が見付かって、よかったじゃないか」

サヨの頭を摑む手に入れる力を緩めず、タンユだけが頭を上げる。しばらくの沈黙のあと、タンユの大声がサヨの頭上から降ってきた。

「みんな……ありがとう！」

感極まって今度は泣き出すのではないかと、サヨは冷めている頭の片隅で思った。

首と腰は、ダルさに悲鳴を上げ始めている。

いつになったら、頭を摑んでいる手を退けてくれるのだろう。

周囲に気付かれないよう注意を払いながら、小さく溜め息をついた。

考えてみれば、外出禁止令が言い渡されたのは、池に異変が起きてからだ。説明を求めるサヨに、父もタンユも、頑として理由を話そうとしない。理由もなにも分からなければ、発生するのは不満と疑念と憤り。

今の会話を聞く限り、村の人間は、どうしてサヨが出歩いてはいけないのか、その理由を知っているみたいだ。

なにも知らない自分ただ一人だけが、除け者にされているように感じてしまう。

「ハヤテ様、また火伏せの札を作ってくれないか？　煤で汚れてしまって……」

「いいですよ。あとでお渡ししますね」

「ハヤテ様！　家内の体調が、なかなかよくならなくてさ」

「当分滞在する予定でいますから、また家に伺いますよ」

ハヤテ様、ハヤテ様と、集まって来た村人達の声は弾んでいる。いつもどおり、女性達は少し離れた場所から、ハヤテに熱い視線を向けているに違いない。

さっきまで二人でいられた時間が嬉しかったせいか、恋仲でもないのに、ハヤテを取られたような感覚に陥ってしまう。

気持ちを落ち着けようと、懐に手を添えて櫛の存在を確認した。

くすぶり始めていた嫉妬心が、少しだけ和らいだ。

不意に、頭から重みが消える。

やっと頭を上げられたサヨの眼前には、安堵の笑みを浮かべている村人達の姿。年配者を除く、ほぼ全ての村人が集まっているようだ。

「少しは反省したか？　サヨがいないと言ったら、これだけの人が集まってくれた。ありがたいことだ。感謝しないと、罰が当たるぞ」

「……ごめんなさい」

少しだけ謝罪の念が込み上げてきて、小さな声で謝ると、タンユは満足気に頷いた。

「よし。さぁみんな、このまま寄合所へ行こう」

タンユの号令に、集まった村人達から歓声が沸き起こる。

寄合所は村の中心に位置し、産土神（うぶすながみ）と荒神（こうじん）を祀り、歳徳神（としとくじん）を迎えるための社の近くにあった。村の入り口からは、少し歩かなければならない。

タンユは、サヨの背中を勢いよく叩いた。

「サヨもほら、寄合所へ行くぞ。酒も料理もたっぷりある。昨日ハヤテから、そろそろ村に到着すると連絡を受けてな。朝からみんなで、宴の準備をしていたんだ」

「宴？　私、なにも聞いてないよ」

ハヤテが村に来ると連絡があったことも、宴の準備をしていたことも、なにも知らない。やはり除け者にされているのだと、サヨの思考は再び卑屈に傾く。

腹の奥が熱くなり、喋ることを拒むように、喉がキュッと締め付けられた。

雑踏に紛れ、サヨの耳に紙の擦れる音が届く。

カサカサ、カサカサと。

不思議に思い、音のするほうへ目を向ける。すると、紙で形作られた一羽の鳥が頭上で羽ばたいていた。

「紙の……鳥？」

「書いた手紙をこうやって飛ばして、タンユに届けたんだ」

サヨとタンユの元へ歩いてきたハヤテが、指をパチリと鳴らす。

動きを止めた紙の鳥は、魂が抜けたように、ハラリとハヤテの手の中に舞い落ちた。

「凄い……」

呟くサヨの手の平に、ハヤテは紙の鳥をポンと置く。角度を変えて観察してみても、それはどこにでもある普通の紙だった。

「なあタンユ。今日、名主様は不在なのか？」

ハヤテが問うと、タンユは後頭部を掻いて肩を竦める。困ったときに後頭部を掻く癖が現れたことから、兄は困り果てているのだとサヨにも見当がついた。

「父は三日前から隣村だ。近辺の名主を集めて、会議が開かれている。ここ数年、自治の村を傘下にしようと、武士達が起こす戦が見るに堪えないからな。連合を組んで、なにか策を練ろうと、そういう話し合いらしい」

「村の運営が脅かされているうえに、池の異変か……」

ハヤテも考え込むように腕を組んだ。

「もう、池には行ったのか？」

尋ねるタンユに、ハヤテは頷く。

「見てきた。そこで、サヨと会った」

瞬く間に、タンユが再び赤鬼の形相へと変貌する。

「暗くなるのに、一人で森に行ったのか」

「あ〜……私、先に行きますね〜」

惚(とぼ)けたサヨはハヤテとタンユに背中を向け、逃げるように寄合所を目指して歩き始めた。

タンユは鬼の形相をひそめ、困ったように眉根を寄せて、ワシャワシャと後頭部を掻きむしる。ハヤテは、肩を震わせて笑っていた。

「アイツは、いつまでも子供っぽくていかん……」

「相変わらず妹に振り回されているね」

サヨの後ろを歩くタンユとハヤテの会話が、風に乗って聞こえてくる。

見えなくても、声の調子からハヤテが笑っていると安易に想像がついた。

「お転婆でじゃじゃ馬だからな。今年でもう十七になるというのに、まだ嫁のもらい手がない」

「ははっ、兄は心配か？」

「そりゃそうだ。あんな勝気な娘、ほっといたら死ぬまで家にいるに違いない。そうだ、ハヤテ」

タンユの声の調子が、明るくなる。

「お前が、サヨを娶るか？」

「私が？」

ハヤテの素っ頓狂な声を背中に聞き、サヨは、心の中で大絶叫した。すぐにでもタンユの元へ駆けて行き、兄の脛を蹴り飛ばしたい衝動に駆られる。

しかし後ろを歩く二人には、サヨの耳に会話が届いているとは、夢にも思っていないだろう。そしてサヨにとっても、ハヤテの気持ちを知る絶好の機会だ。

この期を逃す手はない。

(ハヤテ様は、なんて答えるのかな？)

期待と不安で胸が高鳴る。少しだけ歩調を緩めた。

「冗談ならよしてくれ。何歳年が離れていると思ってるんだ」

「八つくらいの年の差なんて、さして問題ないだろう」

「年の差ばかりじゃない。タンユとサヨは名主の家、私は修験者で呪術師だ」

「それも問題ない。だが、不安があるなら婿に来い。我が家は大歓迎だ」

「タンユ……」

ハヤテの声は困っている。

「それとも、すでに契りを交わした相手でもいるのか？」

「いないよ」

冗談めかして言ったタンユに、不機嫌そうなハヤテは間髪を容れず言い返す。

ハヤテの返答に、サヨは少しホッとした。

「気がおけない友人が家族になるのは、楽しそうだな～」

屈託なく笑うタンユとは対照的に、サヨは落ち込んでいた。

冗談ならよしてくれと言ったハヤテの困り切った声が、耳から離れない。

聞かなければよかったのか、聞けてよかったのか、心境は複雑だ。

懐に入っている桐箱に指先で触れ、知らぬ間に詰めていた息を吐いた。

「苦しいなぁ……」

胸の内を占める、ハヤテを愛おしく思う感情をどう処理したものか。

いつしか風は凪ぎ、サヨの耳にはハヤテとタンユの会話は届かなくなっていた。

宴は、男性のためにあるとサヨは思う。

皿から料理が消えれば、女性達が補充に奔走。酒がなくなれば、女性達が酒を追加。村の女性達がゆっくり食事にありつけるのは、いつも宴が終盤を迎えてからだった。酔いが回り、男性達が寝静まる頃。

干し魚一匹と大根の漬物二切れ、おにぎりを二つ皿に載せたサヨは、人目を盗んで、月の見える縁側に腰掛けていた。

今宵の月は十三夜。白い月の光が、村を囲う山の端を際立たせている。

土間では、慰労会と称した女性達の宴が催されていた。

名主の娘であっても、れっきとした村の構成員。与えられている役目は、きちんと果たす義務があると幼い頃から教え込まれている。

寄合所に到着し、すでに集まっていた女性達に準備を手伝わなかった非を詫びると、気にすることはないと許してくれた。

しかし、用意された料理の品数を目にしたら、どれだけ払拭しようと努めても、準備を手伝わなかったという自責の念が消えない。だから、女性達の宴に参加する気になれずにいた。

皿に載せた大根の漬物を一切れ摘み、今日の月みたいだと思いながらひと口かじる。

ポリポリという歯応えと、にじみ出る味を楽しんで、今度はおにぎりを頬張った。

おにぎりの絶妙な塩加減に口角は自然と上がり、気持ちも弾んでくる。

「幸せそうだなー」

降って湧いた愛しい人の優しい声に、サヨの口中にある全てが喉の奥に転がり込んだ。喉を通過して行く、咀嚼したおにぎりの塊の位置が分かる。グッと喉を縮め、強引に飲み込んだ。

無事に胃の中へ到着した感覚に安堵し、声のしたほうを見遣る。そこには、柱にもたれて腕組みをしているハヤテの姿があった。

「覗き見は、趣味が悪いです」

「覗いていたのではない。堂々と見ていた。サヨが気付かなかっただけでな」

ハヤテは柔らかな笑みを浮かべ、干し魚に手を伸ばしたサヨの隣に腰を下ろす。星が瞬く夜空に浮かぶ白い月を見上げると、わずかに目を細めた。

「あと少しで、月が満ちる……か」

ハヤテに倣って月を見上げたけれど、綺麗な十三夜の月が、大根の漬物にしか見えなくなっていた。

手にした干し魚を頭からかじる。肝を取り除いた部分は、少し苦い。干し魚の身を口に含んだまま、おにぎりも頬張る。干し魚の苦味が中和され、咀嚼するたびにご飯が甘さを増していく。唾液がより分泌された。

「サヨは本当に、おいしそうに食べるね。見ていると、私も食べたくなってしまうよ」

「あげませんよ。ハヤテ様は、みんなとたくさん食べてたじゃないですか」

「取らないよ。私はもう、お腹いっぱいだしね。見てるだけ」

微笑むハヤテから顔を背け、不機嫌を装って干し魚をかじる。

ハヤテとタンユの会話を聞いてしまった今、どうしても、ハヤテが座る右側を意識してしまう。

おにぎりを頬張りながら、ハヤテを盗み見た。

穏やかな笑みを浮かべ、ずっと月を愛でている。

後ろで一つに括られ、肩口に流れるハヤテの黒髪が風に揺れる。女性のように艶っぽい横顔に、サヨは見惚れてしまった。

ハヤテの髪を撫でる風が、サヨの頬も優しく撫でる。ハヤテが祈禱で使っている香の匂いが、風に乗ってふわりと香ってきた。

この匂いは好きだけど、どことなくソワソワしてしまう。

サヨは、逸る心臓を鎮める術(すべ)を知らない。

皿の脇に置いていた湯呑みを摑み、入っている白湯を酒のようにあおった。

「今日のタンユって、なんか変じゃない？」

唐突なハヤテの問いに、サヨはむせた。気管に侵入した異物に反応してしまい、咳が治まらない。鼻の奥がツンとして、目には涙がにじんだ。

「おいおい、大丈夫か？」

慌てたハヤテが背中を擦ってくれる。大丈夫だと頷きたいのに、咳はなかなか治まってくれない。

咳に苦しみながらも、タンユについて考える。

サヨを娶れだの、婿に来いという発言は、どんな意図があってのことなのか。

「なにもないなら、それが一番いいんだけど……タンユの周囲に漂う気がひどく歪んでいて、嫌な感じがするんだ」

やっと呼吸が落ち着き、ハヤテを見上げた。

宵闇のように黒みがかった蒼い瞳は、景色ではない、別のなにかを見ているようだ。

「ごめんなさい。私には、心当たりが……」

「うん、大丈夫だよ。ありがとう。私の、気のせいかもしれないね」

擦っていたサヨの背中から手を離し、ハヤテは微笑む。

「宴の席で、村の人が言ってたよ。私の歓迎という名目で宴を開こうと、今朝になって突然タンユが言い出したそうだ」

「父様じゃなくて、兄様が言い出したんですか？　しかも今日の朝って、唐突すぎる」

宴開催の号令がサヨの耳に入らなかった理由は、家を抜け出す頃合いを見計らうために、納屋に閉じこもっていたからかもしれない。

「でも、父様に相談せずに宴を開くなんて……珍しいこともあるんですね」

「タンユなりに、少しでも、村のみんなが感じている不安を紛らわせようとしたのかもしれないね。みんな楽しそうにしていたから、タンユの企みは成功だろう」

「違いますよ。ハヤテ様が来てくれたからです。みんなが、楽しめたのは……」

手の中にある湯呑みに視線を落とせば、半分残っている白湯に歪んだ月が映っている。まるで、自分の気持ちを代弁しているようだ。

「明日、もう一度……池に行ってみる」

ハヤテの声に、若干緊張が混じっているようにサヨは感じた。

拒否されると分かっていても、言葉が口を衝いて出る。

「私も、一緒に行っていいですか?」

ハヤテは、首を振った。

「集中したいから、私一人で行ってくるよ」

邪魔になる、とハッキリ言わないところがハヤテらしい。もしこれがタンユだったならば、頭から怒鳴り付けられていたに違いない。

「主様と話すのは、そんなに集中力が必要なんですか?」

「池の主に限らず、神として祀られている存在と渡り合うのは、命がけだよ」

「でも私、主様とお話ししてみたいな～と思ってしまいます」

おどけて言えば、ハヤテは軽い調子で提案してきた。

「じゃあ、私と一緒に修行するかい？」

ハヤテと共にする修行。とても魅力的な響きだ。

サヨにもできそうな内容ならば、一緒に修行がしてみたい。

興奮気味に、ハヤテに尋ねた。

「どんな修行ですか？」

「そうだな……」

月を見ながら修行内容を思い浮かべるハヤテは、右の手の平を広げた。

「集中力と精神力を鍛えるために、山の中の断崖絶壁を覗き込んだり。全く光の届かない場所で瞑想したり。山の中をひたすら走ったり。経文や呪文を覚えたり。護符の書き方を覚えたり。加持祈禱の仕方を覚えたり。真冬に滝で打たれたり。覚えた法を復習したり」

一つ挙げるごとに、ハヤテは指を一本ずつ折り曲げていく。新たに左手の指を三本曲げたところで、サヨは待ったをかけた。

「それ、全部してきたんですか？」

「今現在も続けているよ」

継続させるのに、どれだけの気力と体力、精神力が必要なのだろう。

しょげたサヨを見て、ハヤテは楽しそうに笑った。

「つらいけど、嫌いじゃないからできるんだ。サヨにはない？　人からしてみれば大変そうだけど、実際に自分がしていると全く苦痛に感じないことが」

「機織り、かな？　私、あれは好きなんです」

木の幹や葉、野草や花弁を煮出して取り出す自然の色は、淡い色から濃い色まで、数えきれないくらいたくさんの色彩を教えてくれた。

豆汁に浸した糸を乾かし、煮出した自然の色で糸を染める。機織り機に経糸を張り、管に横糸を巻き付けて一反の反物を織る作業は、根気と集中力が必要だ。途中で糸が切れて結び直すときは苛立つけれど、それでもやめられない。機織り機の音と糸を通す音が、祭り囃子のように聞こえてくると、気分が乗ってきた証拠だ。

最後まで織って、反物を完成させたときの達成感は、他では味わえない醍醐味だと思う。それに、自分が織った反物の評判がいいと、心の底から嬉しさが込み上げてくるのだ。

「なるほど。サヨの作った反物は、都の市で並べられている商品に見劣りしない出来栄えだ。作り置いた物があるなら、今度の市で売ってみようか」

「私が作った反物……お金になるんですか？」

ハヤテの提案が、サヨには信じがたかった。

村をほとんど出ないから、賑わう市の様子を見たことがない。

ハヤテがくれた櫛も、市で買ったと言っていた。人が大勢集まる賑やかな市で、こんな素敵な櫛を売っている同じ空間で、サヨの作った反物が本当に売れるだろうか。

試してみたい好奇心と、駄目だったらどうしようという不安が交錯し、サヨの胸を高鳴らせる。

「大丈夫。いろんな市を見ている私が言うんだ。試してみる価値は十分にある」

月光に照らされたハヤテを見て、高揚するサヨの心に一つの妙案が浮かんだ。

自分が作った反物が商品になるのなら、枇杷で染めた糸と藍の糸を使って、ハヤテに着物を作ろう。

たとえサヨとハヤテが生涯を共にできなくても、サヨが織った反物を使って作った着物に、ハヤテが袖を通してくれれば……サヨの心は、ハヤテに寄り添っていられる。

そうすれば、ハヤテと一緒にいたいという願いは、形を変えて成就するのだ。

淡い希望を胸に、残りのおにぎりを口一杯に頬張った。

納屋の奥に置いてあるタンスの中に、サヨが染めた糸が入っているはずだ。

母と共に朝ご飯の用意をしていたサヨは、早く手伝いを済ませて、納屋に行ってみようと企んでいた。

鍋を火にかけていた母が、ジッと外に視線を向けている。

「母様、どうかしたんですか？」

母は顔に不安の色を浮かべ、外を指差した。

「家の外が、騒がしくない？」

野菜を切る手を止めて、耳に意識を集中させる。

無数の人の声が、かすかに聞こえてきた。

「門の外からでしょうか？」

「タンユを呼んでらっしゃい。父様が留守の間、あの子が家長だから」

「炊事場まで聞こえる騒ぎなんだから、兄様はとっくに門へ向かってますよ」

喋りながら前掛けとタスキを外していると、母の鋭い声がサヨの名を呼んだ。

「待ちなさい！　行ってはいけません！」

母が止めるのも聞かず、勢いよく炊事場を飛び出した。

家の裏手にある炊事場から庭を横切り、門が建つ表に回る。

人の声は、どんどん大きく、鮮明に聞こえるようになってきた。

「ハヤテ様、なんとかしてくれ！」

「あんな大きくて深い池が、一夜で干上がるなんて、普通は考えられない！」

「よくないことが起こる前兆だよ！」

「言うとおりにしないから、池の主様がお怒りなんだ」

「祟りだよ、祟り！」

「旦那様やタンユ様が手段を模索する気持ちも分かるけど……」

「頼むから、サヨ様を差し出してくれ！」

サヨは足を止めた。

今、誰がなんと言った？

サヨを差し出す。

誰に？　どこに？

「サヨを差し出すとは……どういうことだ？」

騒がしかった村人達の声が、低く落ち着いたハヤテの声で静かになる。

互いの顔を見ているのだろう。誰の声も聞こえてこない。

サヨは自分の姿が見えないように、門の裏手に生えている大きな銀杏の幹に隠れて様子を窺った。

「サヨに外出を控えろと言っていた理由は、それか？」

怒鳴っているわけでもないのに、ハヤテの声には有無を言わせぬ迫力がある。

「答えてくれ。隠し事をされては、私も万全を尽くせない」

どうなんだ、タンユ！と、ハヤテは少し語気を強めた。

それでもまだ、沈黙が場を支配している。

固唾を呑み、サヨは会話の続きを待った。

「父様の夢に、池の主が出た。人語を操る、紅い目をした白く大きな蛇だったそうだ」

かすかに聞こえたタンユの声は、普段の声量からは考えられないくらい細く、心許ない。

「引き続き守護を望むなら、サヨを捧げるようにと、父の夢の中で告げてきた」

「……人身御供か」

絞り出されたハヤテの苦々しい声が、生温かい風のようにサヨの耳にまとわり付く。

「人身、御供……？」

呟いた自分の声の大きさに驚き、慌てて両手で口を塞ぐ。門の外を窺うが、呟いた声が届くはずもない。息を殺し、話の続きに意識を向けた。

「私が聞いた言い伝えによれば……水と豊作を与える代わりに自分を祀れと、池の主は言った。そうだな？」

「間違いない。俺も、爺様や父様から……そのように聞いている」

「その池の主が、サヨを差し出せと？　なぜ？」

ハヤテの問いに、誰も答えない。

しばらくして、考えを巡らせていたハヤテが言った。

「村の人間のほうが、池の主に持ち掛けて約束させたのか？ 娘を捧げ、祠を造って祀る代わりに、水と豊作を……」

「でも！ 娘を捧げたなんて話、家に伝わっていない」

タンユは、切羽詰まった声を張り上げた。

顔を真っ赤にしているであろうタンユの姿が、サヨの目には浮かぶ。

「みなさんは……なぜ、サヨを差し出せと池の主が言っていると知っていたんですか？」

ハヤテが問い掛けると、また沈黙の帳が下りた。ハヤテは催促することなく、村の人達が自ら話し出すのを辛抱強く待っているようだ。

タンユも、なにも言葉を発さない。

長い沈黙のあと、一人の村人が言った。

「旦那様から……尋ねられたんだ。娘を差し出せと、親やその上の代から伝え聞いている者はあるかと」

緊張しているのだろう、村人の声はかすかに震えている。

「名主様が尋ねた、ということは……本当に、今まで事例がないということだな」

ハヤテの問いを受け、タンユが答える。

「真偽のほどは、確かめようがない。さっきも言ったとおり、伝え聞いている者は一人も村にいないんだ」

「もしかしたら、意図的に隠されたのかもしれないな。話が聞きたい。今、先代は？」

「爺様は、かなりの高齢だからな……近頃は家の奥で寝てばかりだ。起きていて、意識がはっきりしている時間のほうが少ない。まともな会話が成立することも、めっきり減った」

「ならば……やはり、名主様の帰りを待つしかないということか」

「でもハヤテ様。みんな心配で、仕事が手につかない」

そうだそうだと、また村人達は勢いを盛り返す。

「勝手に動いていいのなら、私なりに手立ては考案できるが……どうなんだ？」

ハヤテは、タンユに意見を求める。集まっている村人達も、タンユの反応を窺っているのだろう。何度目かになる、沈黙の帳が下りた。

「父様の帰りを待っている時間がもったいない。頼む、主様と掛け合ってみてくれ」

「……分かった」

ハヤテの承諾したひと言を聞き、集まっていた村人達は連れ立って門の前から姿を消す。

サヨは銀杏の陰に隠れたまま、門の前に立つハヤテとタンユの様子を観察した。

きびすを返し、門をくぐったタンユの顔色は、血の気を失ってしまったかのように青白い。タンユに続くハヤテの表情は、サヨが見たことがないくらい険しかった。

二人の進行方向から隠れるべく、銀杏の幹に沿って体を移動させる。

ハヤテが、タンユを呼び止めた。

タンユは歩みを止め、魂が抜けて幽鬼にでもなったかのように、ゆらりとした動作でハヤテを振り向き見た。

右手に数珠を巻き付けたハヤテが、死人のような顔色のタンユを見据えている。

「お前、なにをしでかした」

「……なんのことだ」

「私の目を……遣り過ごせると思ったか？」

ハヤテの黒みがかった蒼い瞳が、露草のような蒼に変わっていた。ハヤテの蒼い双眸は、タンユを瞳のただ中に捉えて逃さない。

タンユの瞳はかすかに揺れ、自分の腕を掴んだ。

「その腕は……今、どうなっている」

ハヤテの言葉につられ、サヨも袖から覗くタンユの右腕を見た。

白いサラシが、指の先までしっかり巻かれている。

サヨが知る限り、昨日の夜まで、あんなサラシは巻かれていなかった。

タンユは苦虫を嚙み潰したような表情になる。両手で頭を乱暴に掻きむしり、ハヤテの目から隠すように腕を組んだ。

ゆっくりと一歩ずつ、ハヤテはタンユに近付いて行く。ハヤテが近付くと、タンユはハヤテが寄って来ただけ後退した。

タンユを見据えるハヤテの表情が、悔しげに歪む。

「なぜ、行動を早まった」

サヨが瞬きをした間に、ハヤテがタンユとの距離を一気に詰めた。

ハヤテはタンユの肩を摑み、重心を傾けて体勢を崩す。流れるような動きで、タンユのサラシを巻いている腕を捕らえた。数珠を巻いた右手でサラシを摑む。

「やめろ！」

タンユは、サラシを解こうとするハヤテの手を摑みに掛かった。

数珠に、タンユの手が触れる。

刹那、数珠が火花を散らし、タンユの手がバチリと弾かれた。

「っ！」

巨軀を折り曲げ、タンユは声を押し殺して痛みに耐える。

ハヤテは背中を丸めるタンユをうつ伏せに倒し、背中に全体重を乗せ、起き上がれないよう地面に押さえ込んだ。

「やめろ！」

ハヤテを振り落とそうと、タンユが喚き、暴れる。

全く動じた様子のないハヤテは、タンユの手を捻り、肩と肘の関節を固定した。

ピタリと、タンユの動きが封じられる。

ハヤテは数珠を巻いた右手で、タンユのサラシを強引に剥ぎ取った。

地面にサラシがハラリと落ちる。

サヨは、小さな悲鳴を上げた。

タンユの腕が、白く小さな鱗でビッシリと覆われていたのだ。

朝日を受けて、鱗に覆われている腕が鈍く輝く。

ハヤテの数珠が、ジャラリと鳴った。

「気配だけでは、確信が持てずにいたんだが……やはりお前、神である池の主を手に掛けたな」

タンユは握った左手の拳で、悔しげに地面を叩く。

「それなのに……池の主に掛け合ってみてくれと、よく言えたものだ」

感情を含まない声音で、ハヤテはさらに続ける。

「誰にも見られないように、村人達をひと所に集めるための口実が、あの宴か」

摑んでいたタンユの右腕を放すと、鱗まみれの腕はダラリと地面に落ちた。

「タンユが大蛇を捕まえたのは、ひと月ほど前だろ」

ひと月前は、池に異変が起きた頃だ。

もしかして、タンユが池の主を捕まえたから、池に異変が起きたのだろうか。

タンユは、ハヤテの問いに答えない。

「神として祀られ、百余年を池の主として過ごしてきた大蛇をどうやって見付けた」

ハヤテの声に、悔しさがにじむ。

タンユは肘を突いて上体を起こし、地面に座り込んだ。そして、ぽつりぽつりと語り始める。

「池の主が姿を現さないかと、毎日張り込んでいた。捕まえたのはハヤテの言うとおり、ひと月前の明け方頃だ。父様が夢に見たと言っていた、紅い目の、白く大きな蛇だった。箱に押し込んで蓋をして、出てこないように箱を何重にも縛って蔵の奥に隠したんだ。そのまま衰弱して死ぬかと思ったけど、なかなかで……。昨日の夜、池のほとりで箱を開けたらゾロリと出てきたから、首を刎ねたよ。亡骸は、池に沈めた」

タンユは鱗で覆われた腕を掲げ、自嘲気味に笑う。

「そして結果は、ほら……この様だ」

ハヤテは、タンユの胸倉を摑んだ。

「馬鹿な真似を！　私に相談もせず、なぜ一人で事に及んだんだ」

「俺一人が、神殺しの罪を被ればいいと考えたからだ。犠牲を求める、守り神なんか要らない！」

「池の主は、怒っているぞ」

「だから、池が干上がったんだろう」

タンユは力なく尋ねた。

「どうして……気付いた？」

胸倉を摑むハヤテの手に力がこもる。

「私が相手にしているのは、太古よりおわす人智を超えた存在と、目には見えない、肉体から離れた人の魂。そして、強まった人の念が起こす事象だ」

タンユは、また自嘲するような笑みを口元に浮かべた。

「そうだよな……ハヤテが専門とする分野だ。すまない、分かりきったことを聞いた」

タンユの思考力は低下してきているのだろうかと、サヨは心配になる。

「昨日の夜なら、私がいた。なんのために、タンユは私を呼んだんだ」

「言ったじゃないか。友人が家族になるのは、楽しそうだと」

「タンユ……」

ハヤテの声が、また困っている。サヨは胸が締め付けられた。

「いい話だ。サヨは、お前に惚れている」

「だから、昨日も言っただろう」

「俺に言わせれば、お前も、サヨに好意を抱いている。昨日の夜から、サヨが隠れて嬉しそうに櫛を眺めていた。俺が今まで見たことがない櫛だ。あれはハヤテが、サヨに与えた物だろう。違うか？」

サヨは、そっと懐に手を置いた。ハヤテがくれた櫛は、今日もここに入っている。

「俺の知るハヤテは……好きでもない女に、思わせぶりな態度を取る男じゃない。どうだ。異論はあるか？」

畳み掛けるタンユに、ハヤテは答えない。タンユは、さらに続ける。

「ハヤテは昨日、自分は名主の家に相応しくないと言ったな。修験者だから、呪術師だからと。ハヤテがそう答えると思ったから……俺は、婿に来いと言ったんだ。サヨの婿となれば、名主の家の一員となる。村の運営にも堂々と口を挟める。この村にハヤテを頼る者はいても、嫌う者はいない。神の意思を聞くことができるハヤテが加わってくれれば、村のみんなも安心する。俺はいなくても、ハヤテがいてくれれば、全てが上手く運ぶんだ」

「それと……池の主を手に掛けたことと、なんの関係がある」

「池の主は、サヨを差し出せと言った。ハヤテを迎え、村を安泰にするために、サヨに人身御供となられては困る」

ハヤテは、嗤った。

「ずいぶんと、自分勝手な言い分に聞こえるが」

タンユも、嗤った。

「丸く収まるじゃないか。ハヤテもサヨも、気に入った者と伴侶になって添い遂げられる。人身御供として、サヨを差し出せという主はいなくなった。村の祭事を……一族となったハヤテが執り行ってくれれば、本当の神意も授かれる。新たな村の守り神を迎えることもできるだろう。ハヤテは武術も呪術も、両方腕が立つ。頭を悩ませている武士からの侵略にも、対抗する手段が増える。俺が一人、祟りを受ける以外は……なんら支障ない！」

「この国の神は、守りもすれば呪いもする。池の主である大蛇がそうだったように、村を守りもすれば、贄を差し出せと荒ぶることもある。表裏一体なんだ。だから、神として祀られていた池の主である大蛇を殺してしまった今、先代や名主様、サヨを含むタンユの一族、村の全員が……怒りに荒ぶる大蛇に祟られることになるんだ。神殺しは最初から、タンユ一人でどうにかなる問題ではない！」

サヨの足は独りでに動き、ハヤテとタンユの元へ向かう。

足音に気付き、サヨの姿を捉えた二人の目が、驚きに大きく見開かれた。

「サヨ……」

整った顔を歪め、ハヤテはサヨの名を呟く。サヨの姿を見て気力を取り戻したのか、座り込んだままのタンユが声を張り上げた。

「お前、こんな所でなにをしている。いつから……どこから聞いていた！」

サヨはタンユを無視し、すがるようにハヤテの着物の袖を掴んだ。

「ハヤテ様……今からでも、まだ間に合いますか？　私が人身御供になったら、全部元どおりになって、主様は怒りを鎮めて……みんなを呪うことをやめてくれますか？」

「サヨっ！」

悲鳴にも近いタンユの声に、サヨは口をつぐむ。

ハヤテはサヨの手を力強く握り、いつもの笑みを浮かべた。

「大丈夫だよ。タンユも、サヨも、村の人達も、みんな私が助ける。だから……」

眉根を寄せて露草色の蒼い瞳を伏せ、ハヤテは言いかけた言葉を呑み込んだ。

着物の袖からサヨの手を外し、タンユに向き直る。

ハヤテは数珠を両手に掛けて印を結び、呪文を唱えた。

タンユの体を青白い光が包み、砂を巻き上げながら強い風が吹き荒れる。

風の音が、人ならざるモノの鳴き声のようだ。

着物の袖で顔を庇いながら、サヨは必死に、今から起きる出来事を目に焼き付けようとした。

蛇が脱皮をしたように、タンユの体からゾロリとなにかが抜け落ちる。

白い光に包まれたソレは宙に浮かび、ハヤテを目がけて飛んで来た。

風が、ひと際強くなる。

サヨは、目が開けていられない。

「ハヤテ様っ！」

サヨの声は荒れ狂う風に掻き消され、ハヤテには届かないだろう。それでも、ハヤテの名を叫ばずにはいられなかった。

次第に、吹き荒れていた風が収まる。

目の前には、白い光に包まれたハヤテの背中が見えた。

黒かったハヤテの髪が、朝の光を受けて、銀色に輝いている。風に揺れる長い髪は、まるで白い蛇のようだ。

「ハヤテ様……」

サヨはハヤテの背中に手を伸ばす。

指先が触れる寸前に、ハヤテは座り込んだままのタンユに歩み寄り、耳元に顔を近付け何事か囁いた。

タンユは頷き、気力を振り絞って立ち上がる。サヨに歩み寄って手首を摑んだ。

袖口から覗くタンユの手は、もう鱗で覆われていない。通常の肌に戻っていた。

いまだに苦しそうだが、顔には少しだけ赤味が戻っている。

「兄様……」

サヨはタンユに摑まれる手首の痛さに顔を歪めた。

「行くぞ。ハヤテからの指示だ」

「行くって、どこへ？」

サヨを引っ張って歩かせながら、タンユは答えた。

「蔵だ。ハヤテの許可が下りるまで、俺はお前を蔵へ閉じ込めておく」

「嫌です！　放してください」

手を剝がそうとするサヨの肩を摑み、タンユは自分に顔を向けさせた。

「ハヤテの指示だ！　黙って従え」

「話は全部聞いてました！　兄様が、勝手なことするから」

サヨが叫ぶと、タンユの顔が歪む。嚙み締められた奥歯の音が聞こえてくるようだ。

「お前に…俺の、なにが分かる」

怒りを押し止めた低く唸るような声に、サヨはなにも言えなくなった。

次期名主として、タンユはサヨの知らないことまで知っている。サヨが知ろうともしなかった、村の外の情勢も。

知っているからこそ、起こした行動だったのだろう。

知っているからこそ、タンユはハヤテをこの村に迎え入れたかったのだろう。
サヨは、なにも知らない。
「どうして……私には、なにも言ってくれないんですか？」
「知らなくてもいいことだからだ」
「人身御供に関しては、私は十分当事者です！　父様の夢に出た主様が言ってたこと
……私が知っていたら、もっと違った結果になってたかもしれないじゃないですか！」
「どう違っていたと言うんだ。お前の行動など、お見通しだ。さっきなんと言った？
自分が人身御供になれば、主の怒りが鎮まるかって？　サヨがそう答えるだろうと、
父様も俺も分かっていたから、お前になにも言わなかったんだ！」
気が付けば、蔵の前に辿り着いていた。
土壁に嵌め込まれた、大きく黒く重たい扉がサヨの前にそびえ立つ。
懐からカギを取り出し、タンユはカギ穴に差し込んだ。
――ガチャリ
その音は、まるで地獄に続く扉が開いたかのような絶望を想起させた。
タンユはギギギと音を立てて扉を押し開け、ほとんど光が差し込まない蔵の中に、
無理やりサヨを押し込んだ。
堆積した埃と湿った土の臭いが鼻腔を刺激する。

呆然としていると、重たい蔵の扉は閉められ、外からカギが掛けられた。

カギを閉める音が蔵の中で反響して、ひと際大きく響く。

「兄様！」

蔵の中から扉を叩いても、虚しく音が響くだけで外から返事はない。

叩きすぎて手が痛くなり、崩れ落ちるようにその場に座り込んだ。

間違いなくタンユは、ハヤテの元へ戻って行ったのだろう。

ハヤテの身には、確実になにかが起きている。

押し寄せる不安に、じっとしてはいられない。

サヨは、蔵から出られる場所を探すことにした。

蔵にあるのは、高い位置に設けられている明かり取りの格子窓だけ。米を保管する蔵には、ネズミ一匹入れない。

人一人が抜け出せる場所など、扉以外にありはしないのだ。

せめて、納屋に閉じ込めてくれればよかったのに。

納屋ならば、窓から出て屋根伝いに脱出できたかもしれない。あとから怒られることを覚悟でやれば、納戸を破壊してでも脱出を試みていたのに。

蔵の壁は、厚い。

冷たい扉に背中を預けて座り、懐からハヤテにもらった櫛を取り出した。

薄暗い蔵の中では、櫛の輪郭は識別できても模様までは見えない。
存在を確認するように指先でなぞり、櫛に頬を寄せる。
目を伏せると、涙の粒が零れ落ちた。
ハヤテはさっき、なにを言いかけてやめたのだろう。
だから……と、途中で切られた言葉の続きが聞きたい。ハヤテの声が聞きたかった。

どれくらいの時間が経過しただろう。
扉の向こうから、ガチャガチャという金属音が聞こえる。
やっと蔵の扉が開くのだろうかと、サヨは目蓋を持ち上げた。
重たい扉が開いていく。
射し込んだ光が眩しくて、顔の前に手を掲げ、眉根を寄せて目を細めた。
暗闇に目が慣れていたせいで、即座に外の明るさに順応できない。
入って来たのが誰か、瞬時に判断ができなかった。
「サヨ」
「……父様」
ハヤテでもタンユでもなく、隣村の会合に出席していた父が迎えに来た。
どうして？　ハヤテの許可が下りたら迎えに来ると、タンユが言っていたのに。

「出ておいで。帰ってすぐに、タンユから全て聞いた。大丈夫。全部、終わったから」

全部とは、どれだ。

サヨにとっての全部とは、池が元に戻ること、池の主が元に戻ること。そして、光をまとい髪の色が変わってしまったハヤテが、元の姿に戻ることだ。

「父様……全部って、どれですか？」

サヨの目には、久方振りに顔を合わせた父の頬が、ひどく痩せこけて見えた。

「社を建て替えることになった」

脈絡のない父の答えに、理解が追い付かない。

「新しい社に、新しく神を迎える。この村の……新たな守り神だ」

サヨは耳を疑った。冷水を浴びたような冷たさが背中を走る。

新たな守り神ということは、池の主はどうなったのだろう。

「それから、もう外出は自由だ」

「えっ……」

出歩いてもいいということは、池の主の要望が完璧に破棄されたからだろうか。

破棄されたのだとしたら、なにかを代償にしたはずだ。

閉じ込められている間に、いったいなにがあった？　ハヤテ様は、無事？

知りたい。知らないままなんて嫌だ。

「父様！」

サヨは父にすがりつく。

「もう私だけ知らないのは嫌なんです。お願いします。ちゃんと、私にも説明してください！」

「説明もなにも必要ない。サヨは、理由を知らなくていい。結果だけ知っていれば、それで十分だ」

どれだけ宥めてもすかしても、答えは得られないだろう。

それでも、すがるような気持ちで問い掛けた。

「父様……ハヤテ様は？」

父はサヨに背を向けて告げた。

「ハヤテ君のことは、忘れなさい」

不安と呼応するように、サヨの心臓が嫌な音を立て始める。

サヨは、父の前に回り込む。感情の読めない表情を見て、情報を得ることは難しいだろうと即座に覚った。

父から答えが引き出せる、質問はなんだろう。

「どうした？」

感情を伴わない父の声が、サヨの身を凍らせる。

父に質問する内容は、間違えられない。必死に考えを巡らせた。

「兄様は？ 兄様は、どこに？」

「タンユなら、寄合所だ。世話役の者達と、新たに建てる社の相談をしている」

父の返答を聞くや否や、サヨは走り出す。

背中から呼び止める父の声が聞こえたが、聞こえないフリをした。

タンユなら、全て知っている。

サヨを閉じ込めてから、起きた出来事の全てを。

「兄様！」

寄合所に飛び込み、タンユの姿を探す。タンユは、社の面倒を見る役目を負う村の人達と、膝をつき合わせて話し合いをしている最中だった。

タンユはサヨを目にし、驚きに目を円くする。

世話役になっている村人達の目も顧みず、タンユに詰め寄った。

「ハヤテ様は、どこですか？」

タンユはサヨから目を逸らし、後頭部をワシャワシャと掻く。表情には葛藤が浮かび、なにをどう話せばサヨが納得するか、正解を探しているようだ。

サヨを傷付けないための配慮はありがたい。

だけど、嘘をつかれるのは、とても嫌だ。

サヨは、世話役の村人に顔を向けた。

「みんなは知ってるんですよね？　なにが起きて、どうなったのか。私、当事者なのに……。お願いだから、教えてください！」

中年を過ぎた世話役の人々は互いに目配せし、サヨから顔を背ける。

なにも言うなと、あらかじめ釘を刺されているようだ。

誰も、なにも教えてくれない。ただ、知りたいだけなのに。

悔しくて、胸が苦しい。もどかしくて、腹が立つ。サヨの目に涙が浮かんだ。

「私は、ただ知りたいだけなのに……」

サヨの声は震えている。タンユは膝の上で拳を握り、サヨの顔を見ないまま言った。

「ハヤテのことは……」

「忘れなさいって？　父様からも、全く同じことを言われました。兄様も？　兄様も、それしか言ってくれないんですか？」

短い沈黙のあと、タンユは答えた。

「……そうだ」

サヨは、涙を堪えることをやめた。堰を切った涙が幾筋も頬を伝う。

涙の粒が零れ落ちるたびに、サヨの中で、収拾がつかないくらい渦巻いていた苦しさが消えていった。

「もう、いい……」

見限ったサヨは、タンユに背を向ける。

「サヨ！」

焦ったタンユが、寄合所を出ようとするサヨの肩を摑んだ。

「どこへ行くつもりだ？」

「どこだっていいじゃない」

感情が消えたサヨの声。

タンユの手を引きはがすと、拒絶するように寄合所の戸を閉ざした。

サヨの足は、昨日ハヤテと一緒に歩いた道を逆に辿る。

憤りや悔しさ、悲しみといった感情は消えても、ハヤテが愛おしいと思う気持ちは消えてくれない。

脳裏には、最後に見たハヤテの後ろ姿が浮かぶ。

懐に入っている櫛に、着物の上から手を添えた。

ハヤテを忘れることなど、できるはずがない。

ただ無心に足を動かしていると、一面に広がる紺碧が目に飛び込んできた。

「主様の、池が……」

池が、元の姿を取り戻している。

紺碧の水の中を覗き見れば、何事もなかったかのように魚が泳ぎ、いきいきとした水草が、小さな空気の泡をいくつも生み出していた。

漂っていた悪臭も消え、辺りは清々しい空気で満ちている。風がそよげば水面に波が立ち、風に揺られて擦れる木の葉の音は、波紋のように広がっていく。

風の音に混じり、サヨの名を呼ぶ声を聞いた気がした。

振り返っても、人の姿はどこにも見えない。

池のほとりにある祠に目を向ける。

新しくなった真っ白い幣（へい）が、ユラユラと風に身を委ねていた。

二

三時のおやつの時間に、四歳の真那（まな）は感動という名の衝撃を受けた。

人生で初めて口にしたタルトは、しっとりフワッとしたスポンジケーキとは違い、とてもサックリしている。

おいしい。

タルトは瞬く間に、真那の好きな食べ物ランキングの上位に食い込んだ。

自分のタルトを完食し、小学校からまだ帰ってきていない兄の皿に手を伸ばす。

もう一度、あのおいしさを味わいたいという欲求を抑えられず、二つ目のタルトを口に運ぶ。

幸福感が、胸一杯に広がった。

「こらっ！　そっちはお兄ちゃんのでしょ！」

頭上から降ってきた母の怒声に首を竦ませる。首から背中へ、冷たい氷が伝い落ちてきたみたいだ。

とっさに、真那は閃いた。

今食べているタルトは、自分のだと言い張ることにしよう。そうすれば怒られない。

なぜなら母は、一つ目のタルトを食べている場面を見ていないのだ。

嘘は、つき通せる。

「違うよ！　私のだもん」

「嘘つかないの！　お母さんは見てなくても、神様はちゃんと見てるんだから」

「嘘じゃないもん！　私のだよ！」

「じゃあ、座卓の下に隠してるお皿は誰の？」

真那には、腰に手を当て詰問する母の頭に、角が生えているように思えた。

「ほら、どうなの？　そっちのお皿がアンタのでしょ？　神社の神様が、ウチの神棚にある御神札（おふだ）から見てたって、お母さんにテレパシーを送って教えてくれたんだから！」

もう、泣きそうだ。

誰も見ていないと思っていたのに……神様は、本当に見てたんだ。

「ごめんなさい……」

溢れた涙が、ポロポロと目から零れ落ちる。

「謝る相手は、お母さんじゃないでしょ？　誰に謝らないといけないの？」

「……お兄ちゃん」

「そうね。それから、神様にも謝らないとね」

「どうして？」

神様には、なにも悪いことをしていないのに。

「お母さんが嘘つかないの！　って怒ったら、真那は嘘ついてなくて、神様が嘘ついてるって言ったでしょ。嘘つき呼ばわりされた神様には、謝らないと駄目だとお母さんは思うんだけど……どう思う？」

「ごめんなさい、してくる……」

「そうね、いい子」

角を引っ込めた母は、真那の頭を撫でた。

「ねぇお母さん、まだおやつある？」

「まだ食べるの？」

「違うよ、神様にお供えするの！　それで、神社の神様にね、ありがとって言ってくる」

「なにに対しての、ありがとう？」

「嘘ついちゃ駄目だよって、神様が教えてくれたから……ありがとって、してくる」

母はキョトンとしたが、すぐ笑顔になる。

「それは、とてもいい心がけだわ」

母は戸棚から、包装されたままの大福を取り出し、真那に手渡した。

「お父さんのだけど、神様にお供えするなら許してくれるでしょ。いい？　石段は、ゆっくり登るのよ。それから、本家の伯父ちゃんと伯母ちゃんに、ちゃんと挨拶してね」

「いっつも言ってるもん！」

「じゃあ、行っておいで」

見送る母に手を振り、家の斜向（はすむ）かいに大社造の本殿と拝殿を構え、木々に囲まれる伯池（はち）神社に向かう。

大福を落とさないように注意を払い、つまずいて転ばないように気を付けながら、ゆっくり慎重に歩く。

石でできた鳥居をくぐる前に立ち止まり、小さくお辞儀をする。

これは鳥居をくぐる前の作法だと、神職の伯父から教えられていた。

手水舎（てみずや）を見てから、自分が手にしている大福に目を向ける。

神様へお供えする大福は、地面に置きたくなかった。

チョロチョロと流れ出る水で、大福を持っていないほうの手を濡らす。ハンカチを持っていなかったと思い出し、自分の服で手の水気を吸い取った。大福を持ち替えて反対の手も濡らすと、柄杓に水を汲み、口に含んで吐き出す。手水舎に軽く礼をしてから、再び参道を歩く。左側にある社務所の受付に目を向けるが、伯父と伯母の姿はない。社務所の玄関から声だけ掛けて、本殿と拝殿へ続く石段を目指した。

石段を登ると、賽銭箱が見えてくる。

賽銭箱の上に大福を置いて、本坪鈴(ほんつぼすず)から垂れている鈴緒を両手で持つ。ガランガランと鳴らして二回拍手を打ち、目を閉じて神様に語り掛けた。

「神様……嘘ついて、ごめんなさい。嘘ついちゃ駄目だよって、教えてくれてありがとう」

『ほう、これは……おいしそうな大福だ』

頭上から聞こえた声に驚き、真那は目を開ける。

誰もいなかったはずなのに、目の前には銀色の長い髪をした着物姿の男の人が立っていた。

「どうして、そんなところにいるの？　勝手に神様のお家に入ったら、怒られちゃうよ」

銀髪の人は、わずかに口角を上げる。

『大丈夫、怒られないよ。だって私が、その神様だから』

「お兄さんが……神様？」

　問い返すと、綺麗な蒼い瞳をしているその人は、目を細めて頷いた。

　神様は、真那と目線を合わせるために腰を屈める。

　ふわりと、どこか懐かしい香の匂いが漂った。

『そうだよ。私が、神様。やっとお話ができたね、佐々木真那ちゃん』

　初めて出会った神様に名を呼ばれ、真那の目と口が大きく開いていく。

「神様、凄いね～！　いっぱい人がいるのに、ちゃんと私のこと知ってるんだ！」

　神様が自分を知っていてくれたことが、このうえなく嬉しい。

『真那ちゃんは……特別だから』

「私は、特別？」

『そう、特別。特別だから、これをあげよう』

　神様は袖の中に右手を忍ばせ、握った拳を真那の前に掲げた。

　光を受けて輝く水面のように、着物の袖から伸びる神様の腕は、白く鈍い輝きをまとっている。まじまじと観察すれば、ところどころが、小さな鱗に覆われていた。

『真那ちゃん』

　名を呼ばれ、鈍く光る腕から神様の顔に視線を移す。

　神様は、柔らかな笑みを浮かべていた。

『両手を出してごらん』

おずおずと、神様の手の下に揃えた両手を出す。

神様の手の中から、小さな真那の手の上に、黄金色をした細身の首飾りが降りてくる。キラキラ輝く装飾品は大人の持ち物で、真那にとって憧れの品だった。

「わぁ〜きれい！」

『それをずっと、首から提げておくといい』

「これは？　なぁに？　もらっていいの？」

早速、神様からもらった首飾りを小さな頭から被る。ペンダントトップを両手で握って目の高さに掲げると、眉間に熱を感じた。

「熱い！」

両手で額を押さえると、神様が笑いながら真那の頭を撫でる。

『これはね、御守りだよ』

「御守り？」

『そうだよ。これがあると、私が真那ちゃんを守れるんだ』

「神様は、強いの？」

真那が問うと、神様は不敵な笑みを浮かべた。

『強いよ。とてもね』

「だったら、ずーっとつけとかなきゃね」

強い神様が、真那を守る約束の印として渡してくれた首飾り。

『大きくなっても、ずっとつけておくんだよ』

「私が、おばあちゃんになったら？」

『おばあちゃんになっても、ずっと。いいかい？　約束だよ』

「約束？」

『うん、約束できる？』

「できるよ！　約束はね、指きりげんまんするんだよ。幼稚園の先生が言ってたもん」

真那は、神様に右手の小指を向ける。微笑んだ神様は、真那の小指に自分の小指を絡めた。

リズムを付けて、真那は歌う。

「ゆーびきりげんまん、嘘ついたら針千本の～ます、指きった！」

歌い終わると同時に、真那は神様に抱きすくめられた。

神様の懐は温かく、ホッとする心地よさに気持ちが安らぐ。大きなぬいぐるみに抱き付くように、真那も神様に腕を回す。神様は、真那を抱く手に力を込めた。

初めて嗅いでいる匂いのはずなのに、神様の着物に焚き込められている香の匂いがとても懐かしい。

どうしてだろうと不思議に思うも、どんどん幸せな気持ちで満たされていく。

抱擁を解いた神様は、愛おしそうに真那の頭を撫で、白い両手の平で真那の両頬を包む。真那の額に自分の額を合わせ、ほぅと息を吐いた。

少し背伸びをすれば、鼻の頭が引っ付いてしまいそうで、少しドキドキする。

そっと額を離した神様は、真那を蒼い双眸に映した。

『また、遊びにおいで』

「また会えるの？」

神様が頷くと、嬉しさが込み上げてくる。

真那は、神様の懐に自分から飛び込んだ。

「やった！　私、また遊びに来るね。だけどね、あのね。お母さんとお父さんに、神様とお友達になったって言ってもいい？」

『お友達？』

真那は神様の手を握り、蒼い瞳を正面から見つめる。

「知らない人とは、遊んじゃ駄目なの。でもお友達だったら、遊んでいいでしょ？」

真那の手を握り返し、神様は目を細めた。

『そうだね。この神社の、伯父さんと伯母さんにも言っておいたほうがいい』

「分かった！　また遊びに来るね」

真那が手を振ると、神様も手を振り返してくれる。
この日から、神様は真那の友達になった。

三

コンビニエンスストアで売られているスイーツは、豪華で贅沢だ。

ムースにプリン、ケーキにタルト。バウムクーヘン、それからワッフル。

期間限定と銘打たれ、店長オススメと書かれたポップが目に入ろうものなら、味に期待してしまう。

期間限定というシールが貼られ、細く絞られたカボチャのクリームが使われているモンブラン。普通のスポンジならまだしも、大好きなタルトの生地がアルミカップに代わって皿の役割を担っている。

「食べたい……」

『予算があるなら、買えばいいじゃないか』

呟いた独り言に返事があることは、真那にとっての日常だ。

通学カバンの中からスマートフォンを取り出して耳に当て、他の人からは電話で話をしているように装い、頭の中に直接語り掛けてくる伯池神社の神様に提案した。

「蜜豆じゃなくて、このモンブランにしない？　カボチャって、期間限定なんだよ」

『蜜豆が食べてみたいと仰っているんだ。客を優先するのが当然だろう』

「それは、そうだけど……」

　後ろ髪を引かれながら洋菓子が並ぶコーナーを離れ、和菓子が陳列されている棚に足を向ける。並んでいるのは大福、最中、羊羹、団子。暑い夏の季節には並んでいたのに、お目当ての蜜豆は商品棚から撤去されてしまったようだ。

　スマートフォンを耳に当てたまま、期間限定という紫芋の餡が入っている大福を手に取った。

「ないよ～蜜豆。紫芋の大福ならある」

『みたらし団子は？』

「あるよ。三本入りが一〇八円だって」

『じゃあ、それを三つ頼む』

　三つということは、税込三百二十四円。カボチャのモンブランは、税込二百五十七円。カボチャのモンブランと、選択肢に入り掛けていた紫芋の大福を諦めた。

『悪いね……』

　申し訳なさそうな神様の声に、大福を棚に戻しながら明るく答える。

「今度買うから気にしないで。私、みたらし団子も大好きなの」

真那は、神様が笑う気配を感じた。

『ありがと。待ってるから、気を付けて帰っておいで』

うん、と返事をして、みたらし団子のパックを三つカゴに入れてレジへ向かう。

会計を済ませて外に出ると、気合いを入れて自転車にまたがり、ペダルを踏む足に力を込めた。

コンビニエンスストアから住宅街を抜けて橋を渡ると、道路の両脇は民家よりも田園のほうが多くなってくる。

重たい稲穂で頭を垂らした一面の黄金色。もうすぐ収穫の頃合いかもしれない。

田園の中を二分するように造られた幅の広い二車線道路。この道路をまっすぐ進めば、県道と繋がる交差点に差し掛かる。交差点を過ぎると田園は姿を消し、まばらに民家が建ち並ぶ居住区と、深い緑の森が姿を現すのだ。

居住区の中心を陣取っている大きな森は、室町時代に建てられた伯池神社の鎮守の森として、当時の姿をそのまま残しているのだと伝えられていた。

森の中には、サッカー場がすっぽり入ってしまうくらい大きな池がある。この池のほとりには祠が建ち、伯池神社の奥宮となっていた。

奥宮である池には自由に参拝することができるが、池の中に入ることは禁止されている。不慮の事故で池の中に物が落ちても、拾うことは許されない。

池の周囲には神域であることを示す注連縄がグルリと張り巡らされ、落とし物注意という看板が立っている。

真那にとって、奥宮は癒しのスポットだ。鎮守の森へ足を踏み入れ、紺碧の池を前にするたびに不思議と沸き起こる懐かしさが、とても愛しい。

家の自転車置き場に自転車を停める。カゴに入れていたカバンを肩に提げて、みたらし団子の入っている袋を大事に抱えた。

玄関に入り、たたきに靴を脱ぎ捨てると、廊下を突っ切って階段を駆け上がる。

自分の部屋のドアを開け、ベッドの上にカバンを放り投げると、団子が入っている袋をそっと机の上に置く。制服を脱いでハンガーに掛け、姿見の位置を調整した。

姿見に映る真那の胸元には、子供の頃に神様からもらった御守りの首飾りが光っている。

首飾りのペンダントトップに黒で描かれている模様は、伯池神社の神紋と同じ。

神紋とは、神社で祀る祭神の紋章だ。

縦四本横五本の線で小さな格子が中央に描かれ、その格子を起点にして、両刃の剣が三本伸びている。剣の間に一つずつ、黒丸の中に白をくり抜いた蛇の目が描かれ、亀甲と呼ばれる六角形で二重に囲まれていた。

真那が中学校三年生のときに、美術の先生が授業の中で、家紋のデザイン性について熱弁をふるったことがある。

家紋の図鑑を持参して、さまざまな種類の家紋を生徒達に見せてくれたのだ。

その中に、三つ剣蛇の目という紋を見付けた。

この三つ剣蛇の目を二重の亀甲で囲み、中央の黒丸を縦四本横五本線の格子にすれば、伯池神社の神紋に似ていると真那は思ったのだ。

剣は古代から宝器とされ、神事に用いられるなど神聖視されてきた。八咫鏡（やたのかがみ）、八尺瓊勾玉（やさかにのまがたま）、天叢雲剣（あめのむらくものつるぎ）と、皇室に伝わる三種の神器の中にも剣が含まれている。剣に秘められた力は神の力だと考えられ、家紋には両刃である天叢雲剣の型が好んで使われていた。

古代から神聖視されていた蛇が、戦国時代にも再び脚光を浴び、最初は弦巻（つるまき）と呼ばれていた家紋が、次第に蛇の目と呼ばれるようになった。

蛇の目とは、文字どおり蛇である。

家紋に意味があるように、神聖視されている剣と蛇の目を二重の亀甲で囲ったこの神紋にも、なにか意味があるに違いない。どんな意味があるのか知りたくて、ワクワクしながら神様の所へ行き、鼻息荒く尋ねたのだ。すると神様は困ったように微笑み、穏やかな口調でひと言告げた。

守っているんだよ、と。

「結局、なにを守っているか教えてくれなかったんだよなー」

呟きながら足袋を履いて裾除けを巻き、衣紋掛けに掛けている長襦袢に手を伸ばす。

普段から着物を着て生活している伯池神社の伯母から、着物は本来自分の体型に合わせて着るものだと教わった。だから、補正をしないで上手く着る方法を練習中だ。洋服のコーディネートを考えるより、着物と小物のコーディネートを考える時間のほうが楽しい。

薄紅色の着物地に、白、黄、赤の細い線で小さな格子模様が描かれている袷の紬。袖を通して、背縫いの中心を合わせる。裾の長さを調整して腰紐で結び、コーリンベルトは使わずに伊達締めを締めた。山吹色から常磐緑にグラデーションが掛かっている半幅帯を片結びにして帯板を入れると、ワンポイントに白藤色を主体にした帯締めを選んだ。

姿見で脇と背中、襟元と衣紋を確認して、帯板を入れて張りのある帯を軽く叩いた。

「よし、オッケー」

通学カバンからスマートフォンを取り出し、帯の間に挟む。スマートフォンに付けているストラップが根付の役割を担ってくれるから、落ちる心配はないのだ。

テーブルに置いていたコンビニエンスストアの袋を抱えて部屋を出る。

階段を下りて台所を覗くと、母の姿は見当たらない。風呂場やトイレ、物干し場や母の自室にもいなかった。買い物にでも出ているのだろうか。

神様と遊んでくる、とSNSで母にメッセージを送って、玄関のたたきに出していた草履を履く。

脱ぎ散らかしたままだった学校用の靴を視界の端に捉え、玄関のドアに手を掛けたまま動きを止めた。見なかったことにしよう、と思ったけれど、脳裏に意地悪な笑みを浮かべた神様の顔が浮かぶ。神様が見ているという教訓は、骨身に染み付いている。

整える時間はたったの数秒だと結論付け、靴を綺麗に揃え直すことにした。

これでよし、と後ろめたさをなくし、玄関のドアに手を掛ける。

「行ってきまーす」

いつもの癖でひと声掛けると、気を付けてね、と神様の声が答えてくれた。

真那の家から、斜向かいに位置する伯池神社までは徒歩約一分。家を出るとすぐに、神社と池を護るように形成された木々の壁が出現する。

みたらし団子が入っている袋を胸に抱き、木々の壁の中に悠然と佇む石造りの鳥居を目指して小走りになった。

鳥居は、神様の世界へと続く、俗界と聖域を区切る境界の入り口だ。

石造りの鳥居の前に立つと姿勢を正し、社殿におわす神様を心に浮かべて厳かに礼をする。頭を起こし、左足から一歩を踏み出して、境界の先に踏み込んだ。

手水舎へ向かうと、備え付けてある柄杓を手にして水を満たす。左手右手の順に浄めると柄杓を右手に持ち替えて、左手を器代わりに水を溜め、口に含んで静かに吐き出した。もう一度左手に水を掛けて浄めると、柄杓に残った水を柄に伝わせて静かに流し浄める。柄杓を元の位置に戻し、袂から取り出したハンドタオルで手を拭いた。

手水舎に会釈をして、参道の中央を避けて歩き、拝殿へ向かう。

社務所を通り過ぎたところで、作務衣姿の伯父を見付けた。竹箒とゴミ袋を持って石段を下りている最中だ。

「伯父さーん！」

呼び掛ける真那に気付き、伯父は手を挙げて応える。

「おかえり。今日もまた、神様のところ？」

羨ましそうな伯父に、真那は袋を掲げて見せた。

「これ、神様と一緒に食べるの。今日はね、田の神様が打ち合わせに来てるんだって」

「神様と一緒か……本当に羨ましいな〜も〜」

伯父はいじけた雰囲気を漂わせ、おもむろに財布を取り出す。

なにをするのかと眺めていれば、袋を持っていないほうの手に、新札の千円を一枚握らせた。

「今度、なにか買うときに使いなさい。伯父さん、それくらいしかできないから」

「そう？　助かる！　ありがとう」

伯父は、盛大な溜め息をついた。体の中にある全ての空気を吐き出したのではないかと、心配になるくらいだ。真那は懐に千円札をしまいながら苦笑いする。

「伯父さん、気落ちしすぎ」

「だってさー、真那ばっかかズルイよね。伯父さんだってさ、神様のお姿見たり、神様とお話ししたり、そういうのしたいんだもん！」

「だもんって……伯父さん今年でいくつよ」

「四十七だ。悪いか！」

「悪くはないけど……神様にお仕えして数十年でしょ？　どうして伯父さんには、神様が見えないのかな」

「神様のお姿が見えるほうが、伯父さんは稀だと思うんだけどね……」

顎に手を添えた伯父は、ひつじ雲が一面に浮かぶ空を感慨深げに見上げた。

「きっと伯父さんには、素直さが足りないんだよ。真那が神様と友達になったって言ってきたときに、疑っちゃったんだよね。そんなことあるはずないじゃんって」

「嘘じゃないよ。ホントだもん」

不満に頬を膨らませると、伯父は真那の反論を制するように、手を掲げた。

「うん、大丈夫。今は、ちゃんと分かってる！　駄目だって頭では理解してたんだけど……どうしても神様にお会いしたくてね、何度か真那のあとをつけたことがあるんだ」

「本当に？　全然気付かなかった……」

「そりゃそうだろうよ。あとをつけるって言ったけど、灯篭の後ろから見てるだけだし。真那は本坪鈴を鳴らして拍手を打ったら、いつも姿が消えちゃうから」

境内にいる人間から、神様の元へ向かう真那の姿がどのように見えていたのか、今まで考えてもみなかった。

突如として姿が消えてしまったら、驚かれて当然だ。今度から、周囲に人がいないことを徹底確認してから本坪鈴を鳴らすことにしよう。

「そして伯父さんは思ったんだ。きっと真那は、神様の世界へ招かれているから行けるんだって。覗き見してる伯父さんみたいな人間が、行ける場所じゃないんだよ。そう悟ってからね、伯父さん心を入れ替えたの。そして日々のお勤めにも、より力が入るようになりましたっ」

伯父は右手で作った拳を高々と掲げ、そうだ、とそのまま左の手の平に拳を打つ。

「よかった！　思い出して。十月の宵祭り、また手伝いお願いしていいかな？」

伯池神社では、月一回の月次祭はもちろんのこと、春には実りを願う祭りが、夏には疫病が流行らないようにと願う祭りが、秋には収穫に感謝する祭りが催されるのだ。

真那は小学生のときから、御神札や御守りの販売を手伝ってきた。最近では祭りの手伝いをするときに、やっと巫女の装束が着られるようになったのだ。コスプレだなんだと友人に言われようが、着たい装束を着られる喜びに勝るものはない。

「もちろん、手伝うよ！」

「よかった～。かなり当てにしてたから、断られたらどうしようかと思った」

ホッとして笑う伯父に、真那も笑みを返す。

「断らないよ。それに、お祭りのときってさ、神様も楽しそうだよ」

「そうかい？　そりゃ嬉しいね。やっぱり、人がたくさん来てくれるからかな？」

「う～ん……神饌が豪華だから、っていう理由も、無きにしも非ずだと思う。神様って華奢なのに、御神酒が大好きで、結構な量を飲むんだよ」

「その気持ちは伯父さんも分かるぞ！　うまい酒は、いくらでも飲める」

「休肝日作らないから、検査で引っ掛かったって、こないだ伯母さん愚痴ってたよ」

それはそれ、と伯父は物を横に移動させる動作をした。真那は苦笑いするしかない。

伯父は力こぶを作る仕草をし、鼻息を荒くして意気込んだ。

「神様が喜んでくださるなら、今回も、おいしい御神酒と立派な神饌を用意しないとね！」

「神様達きっと喜ぶよ。あ、それからね。伯父さんのお囃子は好きだって、神様が言ってたよ」

真那の言葉を聞くや否や、伯父は勢いよく右手の親指を立てた。

「神様にお伝えして！　これからも、誠心誠意お仕えして参りますって」

伯父の瞳の中に、輝く星が見えた気がする。真那も、右手の親指を立てた。

「分かった。じゃあ、行ってきます」

「うん、遅くならないうちに帰るんだよ」

伯父に手を振り、真那が目指す先は拝殿だ。

賽銭箱の三歩手前で立ち止まり、人がいないことを確認すると、軽く会釈をして本坪鈴を鳴らした。すると、真那の周囲には、にわかに霧が立ち込める。

深く二回礼をして、拍手を一つ打つ。周囲の景色は歪み、霧が濃度を増す。もう一つ拍手を打つと、霧は凝縮されて色彩を帯び、眼前に伯池神社の神紋が彫られた白木の門が現れた。

高くそびえる白木の門が、神様が住まう屋敷への入り口である。

真那は白木の門をくぐり、平安貴族の住まう寝殿造りのような屋敷の中へ入る。

廊下を進んだ先に広がるのは、広々とした板敷の間。几帳で仕切られているものの、床には書物や巻物が散乱している。

踏まないように気を付けながら、西向きの縁側に腰を下ろす神様達の元へ向かう。

神様は円座に座り、顎に手を添えて、真剣な面持ちで田の神と話し込んでいた。

「こんにちは。みたらし団子のお届けですよ～」

遠慮気味に声を掛けると、神様が振り向く。露草のように蒼い瞳に真那の姿を捉えると、真剣だった表情を和らげた。

『いらっしゃい。お待ちかねだよ、みたらし団子！』

「どんだけ食べたかったのよ」

『そうですよ。真那じゃないと買えないからね。人間界の食べ物は』

『だって、私達は供えてもらわないと食べられませんからね。だから初めて食べるみたらし団子が、もう楽しみで楽しみで』

「も～田の神様まで！　神様に感化されて、食い意地出さないでくださいよ」

『案ずるな。一番食い意地が張っているのは……私でも田の神でもなく、真那だから』

真那は頬を膨らませ、空いている円座に腰を下ろす。神様は喉の奥でクッと笑った。

『機嫌を直せ。田の神も、春の祭り以来だと、真那に会えるのを楽しみにしておいでだったんだぞ』

『そうですよ真那さん。伯池殿が仰るとおり、私は楽しみにしていたのです。最近は会話をできる方も少なくなりましたからね。真那さんとのお喋りが、とても楽しみだったのです』

「では、みたらし団子を食べながら、たくさんお話ししましょ～」

照れを隠しながら、真那はパックに入っている三本入りのみたらし団子を袋の中から取り出した。神様は、二度手を打ち鳴らす。

神様と田の神、そして真那の前に、赤い漆が塗られた折敷と素焼きの土器が現れた。

真那は折敷に載る素焼きの土器の上に、みたらし団子のパックを置いていく。

『これも要るね』

またも神様が手を鳴らすと、真那の前には温かな緑茶が。神様と田の神の前には、白磁の徳利とお猪口が現れた。

「神様ってさ……便利だよね」

『まあね。これくらいは、特権だよ』

『では、みな様……いただきましょう』

「はーい、いただきます！」

真那はパックを開け、真ん中に収まっているみたらし団子をひと串摘む。たっぷりと掛かっているみたらし団子のタレが、トロリと流れ落ちた。

流れたタレと隅に溜まっているタレを団子ですくい、口の中に放り込む。醤油と砂糖ベースの甘く濃厚なタレが、口内いっぱいに広がった。

「おいしくて幸せ～」

『真那さんは、心の底からおいしそうに食べますね』

「だって……食べ物がおいしいと、それだけで幸せですよね～」

みたらし団子を口元に運んだ神様が、フッと小さく笑う。

『昔から、食い意地は人一倍だ』

「今はもう、お兄ちゃんのおやつ食べないもん」

瞬く間にひと串平らげ、真那は湯呑みに手を伸ばす。

おどけたウサギと、打ち出の小槌が描かれた染付の湯呑み。中学校の修学旅行で体験した、清水焼の陶芸教室で作った代物だ。

神様に無事帰宅の報告として献上してから、神様とお茶をいただくときの、真那専用湯呑みになっていた。

お猪口を傾けた田の神が小さく唸る。

『御神酒が、おいしいですね』

『それはこないだ、結婚式を挙げたときに供えてくれた一級品だ』

『祝い事は、みなさん奮発されますからね。今度の秋祭りも、とても楽しみです』

「私また、秋のお祭りお手伝いするよ。さっき、伯父さんに頼まれたの」

『いいですね。より、楽しみが増えました』

みたらし団子のパックを開けながら、今は違いますが……と、懐かしそうに田の神が言った。

『少し前まで、子供達は昼で授業を終えて、早い時間から祭りに来てくれていましたよね』

『そうですね。あの頃は、昼からとても賑やかでした』

「祭りの日は、平日でも午前中しか授業がなかったの？　それって、いつの話？」

神様は手にしたお猪口に御神酒を注ぎ入れ、過去の記憶を辿っていく。

『真那の伯父伯母が……子供の頃かな？』

「それって……少し前じゃなくて、かなり前じゃない？」

『そうか？　そういう、ものだったかな？』

考え込んだ神様は、お猪口に視線を落とす。

『生きている人間の感覚からしたら、そうだったかもしれないな……』

独り言のように呟いた神様に、田の神が徳利を差し向ける。神様はキュッと御神酒をあおり、お猪口を空にした。

空になった神様のお猪口を再び御神酒で満たし、田の神は徳利を置く。

『伯池殿……私達とは、時間の流れる感覚が違いますからね』

『はい、そうでした……』

しみじみと言う神様が、真那の目には寂しそうに映る。ジッと様子を窺っていると、視線に気付いた神様は、真那に向けて薄く微笑んだ。

『感覚が違うといえば、近頃、祭りに参加する人達の意識も変わってきたと思うよ』

「祭りに来る人達の、意識？」

『そう。真那の友人達は……学校以外の場所で、夜になってから出会う楽しみを求めて祭りに来ているのではないか？』

たしかに、幼い頃から神様と交流がある真那の感覚と、友人達の感覚は違う。

祭りが催されると聞けば、祀られている神様や祭りの意味になど興味を示さず、何時に集まりどこで遊ぶかという計画を立てるほうへ話題が及ぶ。

神様の言うとおり、露店で商品を買い、たむろして会話に興じるほうが、祭りのメインとなってしまっていた。

今は簡単に野菜や魚が手に入る。自然の恵みを享受していると意識していない人間に、自然に感謝し、敬意を払う意識を持てというほうが難しいのかもしれない。

真那も仕方がないと割り切ってはいるが、祭りの意味とその神社の神様が、どうしても蔑ろにされているように感じてしまう。

祭りに来る人達の中で、純粋な気持ちで神様と自然に感謝をしている人は、いったいどのくらいいるのだろう。

物思いにふけっていると、おっとりした声で田の神が真那を呼んだ。

『私はね、真那さん。神社に足を運んで祭りに来てくれる人々に、等しく感謝をしているんですよ。目的はどうあれ、賑わっていると嬉しいし、楽しいです。遊びの待ち合わせ場所が神社だったとしても、神社に来た人は、社に手を合わせてくれるでしょ？　私はね、手を合わせようという、その気持ちがあるうちは、まだまだ捨てたものではないと思えます』

「でも……春から頑張ったのに、報われないって気持ちにはならないの？」

祀る側の人間として、尽力している神様達の姿を見られる人間として、田の神の気持ちが知りたかった。

『真那さんのように、豊作に感謝して秋の祭りへ来てくれる方は少なからずいます。祭りに参加する、祭りの日に手を合わせてくれる。その習慣が、脈々と次の世代へと繋がり、伝わって慣習になった。親に手を引かれ、見よう見まねで手を合わせていた子供が、成長して祭りの意味に気付き、気持ちを新たに祭りに来てくれる。この受け継がれていく感じがね、私はなんとも言えず好きなのです』

『それは、言える』

神様も同意すると、田の神は微笑み、御神酒で満たされたお猪口を傾ける。御神酒を飲み干したお猪口を両手で包み、膝に下ろした田の神は空を見上げた。

神様の屋敷から見える空は、真那達が住む世界の空と繋がっている。ひつじ雲は茜色に染まり、空には夕闇の帳が下り始めていた。

『それでも……やはり祭りの神饌は、期待してしまいますね』

田の神のお猪口に御神酒を注ぎ足し、真那は伯父の言葉を思い出す。

「そう言えば、伯父さんが神饌奮発するって言ってたよ」

『ほう、それは今から楽しみだな』

そうですね、と答えた田の神は、嬉しそうにお猪口を傾ける。

薄墨色の濃さが増していく空に、宵の明星が煌めく。

あの輝きがもう少し強くなったら、今日は家に帰ろうと真那は思った。


お囃子の笛と太鼓を聞きながら見上げる空が、真那は大好きだ。

秋祭り当日の天気は晴れ。上弦の月が明るく輝きを増す頃には、参道も、参道の両脇に立ち並ぶ露店も、参拝する人達でいっぱいになっているだろう。

白い小袖に袖を通し、緋袴を履いた真那は、社務所の奥でおにぎりを作っている伯母に声を掛けた。

「伯母さん。ちょっと外に出てくるね」

「あら、おにぎり食べないの？　お腹空くよ」

「戻ってから食べるね。ポイ捨てされてないか、ちょっと巡回」

真那は、ゴミ袋を掲げて見せた。

「そうねー。だけど、一個くらい食べて行ったら？　新米よ～」

「あ～どうしよう、誘惑に負けちゃう……」

「ふふ、こっちにおいでなさいよ」

手招きされ、真那は吸い寄せられるように伯母の元へ向かう。

伯母はおにぎりを一つ摘み、真那の口元に近付けた。

パリッとした、海苔を巻いたばかりの一口サイズに握られたおにぎり。炊きたてのご飯と海苔の香りが嗅覚を刺激して、口内に唾液がにじみ出てくる。

我慢など、できるはずがない。

「いただきまーす！」

口を大きく開けると、おにぎりは伯母の手を離れて真那の口内へ飛び込む。咀嚼するたびに、甘さが際立つご飯の中から、塩気の強い鮭が躍り出た。

「焼いた塩鮭のフレークよ。最初からほぐしてある物、お店で買っちゃった」

伯母はイタズラを白状する子供のように、口元を隠して笑う。可愛いな、と真那は思った。

十分に味わって飲み込むと、吐息と共に頬へと手が伸びる。

「あ〜おいし〜」

おいしい食べ物は、やはり幸せそのものだ。

「ふふ、他にもね、定番の梅とシソでしょ？　あとは……鰹節に醤油と胡麻を混ぜた物と、ゆかりも捨てがたくてね、ふりかけ買っちゃった！　もう息子達にお弁当なんて作らないでしょ。久々に作るもんだから、伯母さん張り切っちゃったわよ」

伯父と伯母の息子二人は、県外で大学生活を満喫中。二人の従兄と会うのは、盆と正月くらいだ。

真那は、おにぎりをもう一つ摘む。口に放り込めば、胡麻と鰹節と醤油の香ばしい香りが広がった。

「さて、じゃあ行って来ます」

行ってらっしゃい、という伯母の声を背中に聞きながら、草履を履いて火バサミを手に取る。社務所から出ると、涼しい秋風が頬を撫でた。

「真那ー来たよー」

聞き慣れた声に、真那は振り向く。

そこには、小学校一年生から行動を共にするようになった友人、笹鹿実乃里（ささかみのり）の姿があった。

「今日もコスプレしてんのね。写真撮ってSNSに載っけていい？」

「写真写り悪いから嫌だ」

真那は、スマートフォンを構えようとする実乃里を牽制する。

ふと、実乃里の周囲が静かなことに気が付いた。

「今日は一人なの？　珍しいね。妹達は？」

「二番目は中学一年だし、三番目は小学五年でしょ。そろそろ自我が芽生えて、姉より友達のほうがよくなってくる年頃なのよ」

実乃里はいつも、二人の妹と一緒に祭りに来ていたのだ。好き勝手に歩き回ろうとする妹二人の手綱を操る実乃里は、面倒見がいい頼れるお姉ちゃんだ。

真那にも二十歳になる四つ違いの兄が一人いる。兄も中学に上がる頃には、単独行動を好むようになっていたから、そんなもんかと納得した。

「それに私も、約束あるし」

「そういえば、今日お化粧してるね。前より上手になってる？」

薄くファンデーションを塗った上に、ピンク色のチークを乗せている。実乃里の目は、白いラメの入ったアイシャドウで煌めき、マスカラで長く縁取った睫毛で囲まれていた。

「猛練習したんだから、当然の仕上がりよ」

仁王立ちになって、実乃里は真那にVサインを向ける。

そのポーズで全部台無しだよ、と思ったけれど、口には出さなかった。

「実はね、このあと彼氏と待ち合わせしてるの。ファミレスでご飯食べるんだ」

真那は自分の耳を疑った。

「彼氏……いたの？」

実乃里の口から、好きな男子がいると、今まで一度も聞いたことがない。初耳だ。

「あれ？　私、言ってなかった？」

「聞いてないよ！　いつから？」

「うふ。じゃ、今度話すわ」

実乃里は幸せそうな笑みを浮かべ、顔の前で両手を合わせた。

「と、いうわけで……時間がないから、先におみくじ引いていい？」

真那は、実乃里の両手をペチリと叩く。

「おみくじより、神様への挨拶が先！　私が怒るって、知ってるでしょ」

眉を八の字にした実乃里は鼻で息を吐き、おどけたように肩を竦める。

「やっぱりね。じゃあ、彼氏と長く続きますようにーって、お願いしてこよーっと」

「はい、行ってらっしゃい。日々の感謝も忘れないでね」

真那は腰に手を当て、ヒラヒラと手を振る実乃里の背中を見送った。

「ねえ、絵馬が買いたいんだけど。どこで買えるの？」

背後から掛けられた声に、真那は接客用の笑みを浮かべて振り向く。

人物を認識して、真那は「あっ」と声を漏らした。

「永代さんだ」

「げっ……佐々木さん？　なんで、そんなカッコしてんの」

真那を足の先から頭の先まで観察し、同じクラスの永代有紀は、怪訝な表情を浮かべた。

派手目なグループ、地味目なグループと、雰囲気で分かれている教室内で、有紀は派手目なグループに所属している子だ。

真那が派手目なグループの子と、進んで会話をすることはない。有紀とも、ほとんど話をしたことがなかった。

「ここ、伯父さんの神社なの。絵馬、あそこで買えるよ。千円と五百円と」

真那は社務所を指差す。

社務所の受付には、お参りを終えて、御神札や御守りを買う人が数人並んでいた。

「千円？　高っ……そんなに出せねーし。同じクラスなんだから、値段まけてよ」

「……まける？」

なにを言っているんだ、この同級生は。

腹の中で、ジワリと苛立ちが広がるのを感じた。もしこれが有紀ではなく実乃里だったら、絶対に怒っている。かろうじて笑みを保ったまま、真那は眉根を寄せた。

「安くするとか、そういうのはちょっと……」

「はぁ～？　できないの？　なんで？」

真那は沈黙をもって回答を拒否した。有紀は粘っても無理だと判断したようで、大きなカバンから長財布を取り出し、所持金を確認する。

「佐々木さんって、ケチだね。じゃあもう、五百円のでいいや。お金ないし」

「取ってくるから、ちょっと待ってて」

真那は有紀に背を向け、自分を落ち着かせるために深呼吸を一つした。それでも、腹の底から沸き起こるムカムカが収まらない。

「伯父さん。一つ持ってくね」

受付で参拝者に対応している伯父に告げ、並べられている絵馬を一つ取る。

真那の顔を見て、伯父はギョッとした表情になった。

「どうした真那。かなり不機嫌そうだけど」

「うーん、ちょっとね」

理由は濁し、有紀の元へ戻る。

「永代さん」

真那が声を掛けると、有紀はスマートフォンから顔を上げた。

自分の不機嫌が伝わらないように気を付けながら、不機嫌を隠そうともしない有紀に接客用の笑みで対応する。

「はい、どうぞ。五百円、お納めください」

真那が差し出した絵馬に目を遣り、有紀は無造作に五百円玉を渡す。真那はお金を受け取り、有紀に絵馬を渡した。

「あっちにペンがあるから、そこで書いて絵馬殿に奉納してね」

真那が社務所の脇を指差すと、有紀は眉間に皺を寄せた。

「だったら、ペンも一緒に持って来てくれりゃいいじゃん。気が利かない……」

聞こえよがしに呟いた有紀は、手に持つ絵馬に視線を落とし、社務所に目を向ける。

「……ペン、あっちだったよね」

真那が頷くと、有紀は黙ってきびすを返した。

有紀の背中を見送りながら、真那は肩から力が抜けていくのが分かる。肩の力は抜けても、腹の虫はまだ治まらない。

視界の端に、捨てられた紙コップを見付けた。

「もう！　境内に捨てる罰当たりなヤツ！」

乱暴に火バサミで摘み上げ、ゴミ袋の中に放り込む。軽い紙コップを投げ入れても、空振りしたようになんの手応えも感じない。

暴れ足りない腹の虫は、次なる八つ当たりの標的を探し始めた。

『真ー那ー』

突然聞こえた神様の声に、真那の心臓は飛び跳ねた。

『見ーてーたーよー』

「どっ、どこに……どこで？」

うろたえて神様の姿を探す真那の様子が面白いのか、神様の笑う声がする。

辺りを見回して、やっと見付けた。

星が瞬き始めた宵闇を背負い、社の屋根の上に、ぼんやり浮かぶシルエット。

「……そんな所で、サボってるの？」

『違うよ』

屋根のシルエットが消え、真那の前に神様が姿を現した。

着物の裾と共に、白銀の髪がサラリと揺れる。いつもの香の匂いが、ふわりと鼻をくすぐった。

『神様方から真那に伝言を託（ことづか）ってね。私も真那の顔が見たかったし、息抜きと称して抜け出してきた』

神様に話し掛けようとした真那は、人が近付いて来る気配を感じて口をつぐんだ。

小さな男の子を間に挟んだ家族が、拝殿に向かって歩いて行く。

神様は目を細め、擦れ違いざまに男の子の頭をそっと撫でた。

男の子は不思議な面持ちで顔を上げ、真那のほうを振り向く。そして男の子の視線は、隣に立つ神様に辿り着いた。

神様が手を振ると、男の子は笑顔を返す。

男の子には、神様の姿が見えたようだ。

真那の胸にくすぶるイライラとした感情が、少しだけ緩和する。

神様に出会った頃の真那のように、神様の姿を見たこの男の子は、どんなふうに成長していくのだろう。

田の神が願っていたように、祭りのときだけでも、足を運んでくれるような子に育ってくれたらいいな、と願わずにいられない。

「神様……あの子は、どんなお願いをするのかな？」

家庭のこと、仕事のこと、恋愛のこと、受験のこと。

お参りに来た人がするお願い事は、十人十色で多種多様だ。

心から祈られた願いは、淡い輝きを放つ小さな光の粒となり、神様の元へ届く。その願いを分類して、旧暦の十月に開かれる出雲の集会で協議する。後日、専門の神様と相談して願いを叶える段取りを整えていくのだと、真那は神様から教えてもらっていた。

『社に戻って、あの子のお願いを聞き届けないといけないね』

男の子の小さな背中に、神様は優しい眼差しを向けている。

真那は、神様の着物の袖を引っ張った。

「ねえ、神様。伝言って、なに？」

『そうだった、一番大事な用事！　手伝いが終わったら、三笠商店のタコ焼きと河本商店の鯛焼き持っておいで。今日集まってる神様方が、真那のオススメ食べたいってさ』

「神様達の宴に、私も参加していいの？」

神様は頷いた。

『真那のお気に入りのタコ焼きと鯛焼きがあると、願い事の振り分けをしながら話してたんだ。そしたら、みんな大層興味を持ったようでね。田の神がみたらし団子のことまで話すもんだから、食べたいという大合唱が沸き起こってしまったんだ』

露店の常連である三笠商店のタコ焼きは、トレーから溢れるギリギリまで、濃厚なソースがたっぷり掛かっている。中に入っているタコが他の店より大きく、中はトロッと外はカリッとしているのだ。

同じく常連の河本商店の鯛焼きも、尻尾の先まで粒餡がギッシリ詰まっている。餡の味も甘ったるくなくて、真那好みだ。

物心ついた頃から、どちらも真那のお気に入りの店だった。

「私の分の取り置きは、ちゃんとお願いしてあるから……数増やしてくださいって、お願いしとくね」

新たな楽しみができると気分も違う。真那のイライラは、完全に消え去った。

神様は真那の頭に手を置き、片目をつむる。

『短気は起こさず、手伝い頑張りな』

「もう、いつから見てたの？」

真那の頭をポンポンと軽く叩きながら、神様の姿は消えてしまう。

内緒、という神様の声だけが、余韻として真那の耳に残った。

四

朝のショートホームルームが始まるまで、あと十五分。

課題が終わっていないときには貴重な十五分だが、なにもすることがない今の真那には、たいそう手持ち無沙汰な時間だった。

一クラス四十人。真那のクラスの男女比率は、女子が少し多いくらい。高校一年も後半に差し掛かると、同じ中学や部活で固まっていたグループの移動も一段落する。

移動教室のとき、食事のとき、遊ぶときのメンバーは、春先から入れ替わりがあったものの、ようやく固定されたみたいだ。

真那が思うに、派手なグループほど、人数が多い。

メジャー系と呼ばれている彼女達の盛大な笑い声が、朝から教室の後ろで爆発していた。

箸が転がってもおかしい年頃と揶揄される年代だが、周囲を気にせず、こんなにも笑えるものだろうか。

真那は不快感を露わに、教室の後ろに集まる女子達に目を向ける。

グループの中にある、有紀の姿が視界に入った。

胸中で、沈静化していたイライラの火種が再燃してくる。

秋祭りの日から、真那が有紀に対して抱く感情は、苦手から嫌悪に変わっていた。

人を嫌いになるのに、関わる時間の長さは関係ないみたいだ。

「真那〜見て見て！　これ見てー！」

実乃里はカバンの中の物を引き出しに移し終えると、真那の机に椅子を寄せた。

真那の前に実乃里が座る今の席順は、真那にとって、とても居心地がいい。

「はい、これ！」

実乃里は、一冊の雑誌を真那の机の上に広げた。

実乃里が広げたのは、隔月で発行されている地元密着型と謳うフリーペーパー。地元で頑張る会社の経営者や、そこで働くスタッフ、地域のイベントなどが紹介されている。その中でも、実乃里が毎回楽しみにしているのが特集記事だ。

「どれ見たらいいの？」

「とりあえず、ザッと。ほら、見て！」

今回の特集は、街角で見付けたイケてる男子、となっていた。見開きには、掲載されている十五人の顔写真が載っている。

真那は掲載されている人物をザッと見た。

「イケてる、男子……？」

好みによるのだろうけど、真那は自分の価値観を疑った。

イケてる男子と謳っているが、そこそこ無難な顔立ちの男性が集められたようにしか見えない。不細工ではないが、相当な男前でもない。

「実乃里……私って、イケメンのハードル高いのかな？」

真那が難しい顔をしていると、実乃里はカラカラと陽気な笑い声を上げた。

「真那にイケメン談義は求めてないよ。イケメンかどうかは、この特集関係なかったから」

「いやいや、どうでもよくないでしょ。仮にもイケてる男子の特集なんだから、せめて十五人中半分以上はカッコイイって思える男の人じゃないと」

「だから、記事を読んでから言いなさいって。このイケてるって、顔がいいって意味だけじゃないんだって。特技とかそんなのがイケてるね〜って感じ？」

「それって……どうなの？」

「都会じゃなくて、こんな田舎だよ？　見た人全員が、イケてるメンズと思える人間を集めることに、限界があって当然でしょ」

それもそうだ、と真那は納得した。

「私が見せたいのは……これよ、これ！」

実乃里が、写真の中の一人を指差す。

真那と実乃里が通う高校の制服を着ている、短髪黒髪の青年だ。真那はページをめくり、プロフィールを見る。

名前、ナギ。職業、高校生。趣味特技、筆跡診断。ひと言、姉妹タッグは超最強。

「趣味特技が筆跡診断って、マニアックだね。お姉さんや妹さんに虐げられてんのかな？」

「そんなことより、どうよ！　ビックリした？」

「……姉妹タッグは超最強？」

「違うよ！　知ってるでしょ、この顔」

写真の顔を指差し、実乃里は真那にフリーペーパーを突き付ける。

真那は、記憶の中を懸命に探ることにした。

ナギという名前は、この男子生徒のニックネームだろう。だけど、男友達自体が少ないのだ。家族関係や兄弟関係など、もとより知るわけもない。ましてや趣味特技が筆跡診断という変わり者ならば、忘れるはずがないだろう。

どこかで見た顔であるという引っ掛かりを残しつつ、人物の詮索を諦め、実乃里に正解を求めることにした。

「該当者が、思い浮かびません……」

実乃里は、信じられない……と、口では言わず表情で訴えてくる。

「そんな顔されても、分からないいんだから仕方ないじゃない」

「ホントに分かんない？　ノッチ君に教科書とか資料集、よく借りに来てんでしょ」

ノッチとは、同じクラスの野口雄大（のぐちゆうだい）のあだ名だ。雄大は、実乃里の斜め前の席に座っている。

真那は頭を抱え、また記憶の中を懸命に探る。

「見たことある顔だな〜とは、思うんだけど……」

無理なものは、無理。両手を上げ、降参の意を示す。

「駄目、無理、分かんない！」

半眼になった実乃里は、胡散臭い人物を見る目付きで真那を見た。

「君、ウチの学校の生徒じゃないね。つーか、普段からなにを見ている」

高座に上がった噺家のように、実乃里は机をバンバンと叩く。

「だって、知らないもんは知らないんだもん」

ふてくされると、実乃里は盛大な溜め息をついた。

「真那が大好きな神様の半分でいいから、身の回りの男子に興味持とうよ。学年一……いや、学校一の、イケてるメンズじゃございませんか。その名も、柳楽涼介（なぎらりょうすけ）！」

真那は名前を聞いて、ようやく顔と名前が一致する。

「ナギ君って、あの柳楽君？」

もう一度、掲載されている写真を見た。

しかし真那の中で生じた、どこかで見た顔だという引っ掛かりの正解は、柳楽涼介ではない。

まじまじと写真をもう一度見て、真那は実乃里に問い掛けた。

「ねえ実乃里。柳楽君って……誰かに似てない？」

「誰かって、私が知ってる人の中で？」

「そう。どっかで見たことある顔なんだよね」

「正解教えるまで誰か分からなかったのに、誰かに似てるなんて言えた口ですかい」

「柳楽君って教えてもらう前から、引っ掛かってたもん。誰だっけ、誰だろう？」

喉の奥に刺さった魚の小骨が取れないくらい、もどかしい。

「どうしたの〜真那ちゃ〜ん。ナギ君、気になる？」

「誰かに似てるかもって思ったら、それが誰なのかハッキリさせたくならない？」

肩を竦めた実乃里も、頬杖を突いてフリーペーパーの写真に目を落とす。

「その気持ちは分からなくもないけど……こんな顔が芸能人以外でどこにいるって？

テレビか雑誌で見たんじゃないの？」

「そうかな?」

フリーペーパーを手に取り、真那はページをめくる。

カフェ特集のページを見付け、真那の目は釘付けになった。イケてる男子の特集記事よりも、こっちのほうがより魅力的だ。

「あ~ナギく~ん」

突如、甲高い猫撫で声が真那の耳に飛び込む。掲載されている店の定休日を確認していた真那は、不快感を露わにして顔を上げた。

「うるさいなぁ……」

「まあ、いつものことじゃん。でもほら、見てみ?」

実乃里は声をひそめ、教室の前のドアを指差す。

そこには、フリーペーパーに載っている柳楽涼介が立っていた。

教室の後ろにいた女子達が、あっという間に教室前方のドアに移動している。驚嘆すべき早技。瞬間移動だ、と真那は感心した。

バリケードを張るように、涼介の周囲にはメジャー系女子の砦が築かれている。

これでは、涼介に話し掛けたくとも、誰も近付くことはできないだろう。むしろ、移動の邪魔ではないか。

「ナギ君、もうすぐホームルーム始まっちゃうよぉ」

メジャー系女子グループの筆頭である、浅野美奈子の甲高い猫撫で声が耳に障る。猫を被って笑顔を絶やさないメジャー系女子達とは対照的に、涼介は苦笑いを浮かべていた。

長身に、清潔感のある黒い短髪。均整の取れた顔立ち。

初めてまともに涼介の容姿を観察した真那は、芸能事務所に入ればいいのに、と素直な感想を抱いた。

「ごめんね、ノッチに用があってさ。通っていいかな？」

「ナギ君また教科書ぉ？　言ってくれたら、私が貸してあげるのに～」

涼介の腕に、美奈子は手を添えた。

「今日は資料集。もう汽車ん中で頼んでたから、気持ちだけもらっとくよ。ありがと」

やんわりと提案を断り、美奈子の手を退けると、逃げるように女子のバリケードを抜ける。

残念がるメジャー系女子達の声に、真那は苛立ちを通り越して呆れてきた。

「相変わらずだねー色男。今度から浅野さんに借りれば？」

雄大の間延びした物言いから、涼介をからかっているのだと分かる。自分を取り囲んでいた女子達から死角になっていることを確認して、涼介は表情を険しくした。

「やめてくれよ。冗談キツイって」

女子達からは死角になっていても、雄大の斜め後ろに座る真那と実乃里の席からは、涼介の表情が丸見えだ。こんな顔もするんだ、と真那は意外に思った。

「本気にすんなよー。目的達成までちゃーんと協力してやるから、冗談くらい笑って流せっての。ほれ、資料集」

雄大の引き出しから出てきたのは、今日は授業にないはずの歴史の資料集だった。

「野口君の引き出しって、四次元にでも繋がってるの?」

真那が声を掛けたことにキョトンとしていた雄大だったが、得意げに片方の口角を上げる。そして、親指を立てた。

「教科書、資料集の類は、なんでも出てくるぜ!」

「自慢できることじゃないだろ」

雄大の頭に、涼介は借りた資料集をポンと置く。イテッと頭を擦りながら、雄大は眉間に皺を寄せて唇を尖らせた。

「も~!　扱いが優しくない。せっかく協力してやってんのに……」

「うん、それには凄く感謝してる」

雄大とは正反対に、涼介は清々しいまでに爽やかな笑みを浮かべた。

涼介が浮かべた笑みを見て、真那は不意に胸の奥が熱くなる。

懐かしいような苦しいような、今まで味わったことのない感情に戸惑いを覚えた。

「ナギ君さ、フリーペーパー載ってるでしょ！　今ちょうど真那に見せてたんだ～」

真那の手からフリーペーパーを取り上げ、実乃里は涼介にページを見せた。

「ちょっ……やめて笹鹿さん、マジでやめて！」

涼介は実乃里の手からフリーペーパーを掻っ攫い、周囲を警戒する。

朝の教室は騒がしい。数人が真那達のほうを意識しているようだが、メジャー系の女子達も真那達の机を気にしつつ、ドアの辺りにたむろしたままお喋りに花を咲かせている。今のやりとりを他の人達に見られていないと確信し、涼介はホッと安堵の息を吐いた。

「これ、締め切り過ぎてるのに数が集まらないからって、強引に頼まれたんだよ……」

「俺も一緒にいたのに、失礼だよな。編集員の女の人、涼介しか眼中にないなんて」

「そりゃ、ナギ君とノッチ君じゃねぇ」

「ササミ、それ俺にひどくない？」

「ひどくない、ひどくない。満場一致の意見だよ。ね、ナギ君」

「う～ん……俺は、ノーコメント」

会話をする三人の顔を順に見て、真那は浮かんだ疑問を口にした。

「三人は、仲がよかったの？」

実乃里と雄大が会話をする仲だとは知っていたけれど、涼介と実乃里が気を使った様子もなく会話をしているのが、真那には意外だった。

実乃里と雄大、涼介は会話を中断し、互いに顔を見合わせる。視線を交錯させる三人の表情からは、気まずさが読み取れた。

「ごめん、なんか立ち入ったこと聞いちゃった？」

「いや、そんなことないよササッキー」

雄大は、いつもの調子で声を弾ませる。

「俺と涼介は小学校からずっと一緒なんだ。ササミとは中学違うけど、学校に来る駅が一緒だし。汽車待ってる間に、自然と話すようになってね」

そうなの？　と、真那は焦った様子の実乃里に目を向けた。

「私が汽車に乗ったときは、実乃里一人で座ってるよね？」

「だって、私は真那と一緒に座りたいんだもん。真那の駅が近くなったら、真那が乗る車両に移動してるの」

自転車で通える距離ではないので、真那や実乃里は、ローカル線の汽車を使って高校に通学している。平日の通学時は四両、帰りは二両という編成で走っているローカル線の利用者は高校生がほとんどで、あとはたまに地元のお年寄りが使うくらい。お世辞にも、賑わっているとは言いがたい。

しかも、電車ではなく汽車である。

都会の発展から取り残されているこの線は、アニメのキャラクターを描いた車両を造り、観光客の集客を図って賑わいを演出しようと試みている最中だ。観光客には喜ばれるラッピングをした車両も、普段の通学で使う真那達にしてみれば興醒めだ。今ではだいぶ見慣れて、なんとも思わなくなったけれど、当初は凄く恥ずかしかった。

学校に向かう方向で駅順を考えると、実乃里が使っている駅は、真那の最寄り駅より一つ早い。雄大と実乃里の説明は、辻褄が合っている。

それにね、と実乃里は、教室の前のドアを指差す。

「真那が乗る駅の次から、ウチの生徒増えるでしょ。ナギ君と喋りたくても喋れない女子達から、目の敵にされるの嫌じゃない？」

真那が目を向けると、お喋りに興じるフリをしているメジャー系の女子達は、いまだに涼介が会話に加わる、真那と実乃里のほうを気にしている。教室内にいるメジャー系以外の女子達も、興味がないフリをしつつ、涼介の動向を気にしているみたいだ。

嫉妬に燃える、涼介に好意を抱く女子達の目が怖い。

女の嫉妬心に恐怖を抱いた真那は、ゆっくり顔を戻した。

「……たしかに、怖いね」

「だろ～？　モテる男は大変だね～」

「そういう言い方、嫌だって言ってんだろ」

振り上げられた資料集が振り下ろされる前に雄大は防御し、涼介の脇腹を指で突ついた。

「あ～ぐっ」

崩れ落ちた涼介に驚き、真那は思わず椅子から立ち上がる。

「だぁいじょーぶだよササッキー。心配無用！　こいつ脇腹が弱点だから。覚えときな」

「えっ、でも……」

真那がうろたえていると、涼介は机に手を置き、ゆるりと立ち上がった。

「もう、帰る……」

「返しに来るのは、放課後でいいぞ～」

雄大に手を挙げて応え、涼介は教室のドアを目指した。

ドアの周辺にはまだ、メジャー系の女子達がたむろしている。女子達の目付きが、虎視眈眈と獲物を狙うそれに変わっていた。

「ありゃ、また絡まれるな」

「だろうね」

雄大と実乃里が、顔を見合わせて笑う。

真那も教室のドアに目を向けると、雄大の言ったとおり、涼介はまた捕まっていた。教室の壁に掛かる時計を見れば、ショートホームルームが始まるまであと数分。涼介が遅刻扱いにならないか、真那は少し心配になった。

朝のショートホームルームが終わると、毎朝十五分間の掃除が始まる。担当する掃除場所は月替わりで、出席番号順に割り当てられていた。

今月の真那は、実乃里と共に階段掃除。落ちているゴミは少なく、掃除は早々と終わってしまった。監督役の教師も時間を持て余し、生徒と雑談を始めてしまっている。

時間潰しのために廊下の同じ場所を何度も拭いていると、実乃里が話し掛けてきた。

「ねえ真那、ナギ君どう思った？」

笑顔の実乃里に、真那は首を傾げる。

「ほら、なんかあるじゃん。こうさ、喋ってみたらこうだったーとか」

「ひと言ふた言話したくらいで、どうとか分かんないよ」

雑巾を畳み、真那は階段に腰掛けた。興味津々に、実乃里も真那の隣に腰を下ろす。

「それでもさ、第一印象っていうの？　好きになれそうとか、嫌な感じーとか」

真那にとっての涼介の第一印象は、誰かに似ている、だ。

「おい、ササミ。俺の親友に、嫌な感じーとか言うなよー」

一段上の階段が掃除場所になっていた雄大も、会話に加わってきた。

「涼介はね、とても気遣い屋さんで臆病なんだから」

真那と実乃里の後ろに屈み、雄大は膝に肘を預け、器用に体の重心を安定させる。

「人を傷付けるのが怖いから、取り巻かれても邪険にできない。どう考えても邪魔なのにね。アイツの彼女になったヤツは、大変なんじゃないかな？」

「柳楽君って、彼女いないの？」

興味本位に真那が問うと、雄大は歯を見せてニシシと笑う。

「意外でしょ？　モテモテなんだから、一人や二人、三人いてもよさそうなのにね」

「柳楽君って、節操なし？」

真那が眉をひそめると、雄大は笑い飛ばした。

「アイツに二股や三股かける甲斐性なんて、ありゃしないよ」

雄大は笑みを消し、打って変わって真剣な目を真那に向ける。

「アイツは……柳楽涼介って男はね、とっても一途だよ。よ〜く見てやって？」

よく見ろと言われても、真那が涼介と言葉を交わしたのは、今日が初めてだ。これから先、もっと言葉を交わす日が来るのだろうか。

とりあえず雄大に、うん、と返事をしておいた。

「佐々木さん、ちょっといい？」

会話を中断して、真那と実乃里、雄大は声の主を見る。

腕を組んだ有紀が、雄大の後ろに一人で立っていた。

真那は有紀が所属するグループのメンバーが、今どこにいるか視線を巡らす。二階の手洗い場の前で、こちらの様子を窺っている姿がチラリと見えた。

実乃里と雄大を睨んだ有紀は、横柄な態度で真那を呼んだ。

「話したいことがあるから、一緒に来て」

「え、でも……」

終わりの点呼をしなければ、掃除に参加したことにならず、欠席扱いになってしまう。しかし、どうにも断れる雰囲気ではない。

「佐々木さんが掃除してるの、先生ちゃんと見てたでしょ？　点呼にいなくても、笹鹿さんがなんとか言ってくれんじゃない？　ねえ、どうなの笹鹿さん」

実乃里は、不安そうな表情を真那に向けている。実乃里に判断を委ねるのは酷だろう。雑巾を実乃里に渡し、真那は立ち上がった。

「じゃあ実乃里……点呼のとき、お願いね。私、行ってくる」

雑巾を受け取った実乃里は、申し訳なさそうに頷く。

有紀のあとに続き、メジャー系女子達の前を通って女子トイレに入ると、クスクスと耳に届く笑い声が胃に重く圧し掛かった。

神様からもらった御守りの首飾りに制服の上から触れ、気持ちを落ち着かせようと、小さく息を吐く。もしなにか起きたとしても、泣き寝入りはしないと心に決めた。

天然光のみが射し込むトイレの中は薄暗く、真那と有紀の他には誰もいない。

有紀はトイレのドアに背を預け、腕を組んだ。凄みを利かせて真那を睨み付ける。

「佐々木さん所の神様って、ボンクラなの？」

「……ボンクラ？」

真那の眉間に皺が寄る。真那の大好きな神様がボンクラとは、聞き捨てならない。

「だってそうでしょ？　五百円出して絵馬買って願い事書いたのに、なんの効果もないじゃん」

ちょっと待て、と心の中でツッコミを入れる。秋の祭りが終わってから、まだ四日しか経過していない。そんなに早く、願いが成就するものか。

真那は、なるべく穏やかな口調を心掛けた。

「永代さん、四日間で効果って……願い事の内容にもよるんじゃないの？」

「内容によるって、それってどうなの？　私とナギ君をカレカノにするくらい簡単じゃん」

彼氏彼女にということは、有紀の願いは恋愛成就だったようだ。

念のため、真那は確認する。

「ナギ君って、隣のクラスの……柳楽君？」

見下したように、有紀は真那を鼻で笑う。

「他に誰がいるの？　お願いしたのになんの進展もないって、おかしくない？　自分は楽しそうにナギ君と話しちゃって。どういうつもり？　ねえ、説明してよ」

八つ当たりだ。真那は言いがかりにげんなりした。それでも、弁明はしなくては。

「願い事って、神様に頼むだけじゃなくて……頼んだっきりじゃなくてね、自分も努力しないと駄目なんだよ」

わけ分かんない、と有紀は言い放つ。

「どうして？　神様って頼んだら、なんでも願い叶えてくれるんじゃないの？」

「他力本願だけじゃ駄目だよ……願い丸投げじゃなくて、自分も最善は尽くさないと」

神様は、願った人の本気を見ているのだから。

本気か否か試すことだって、もちろんある。

「え〜なにそれ？　超面倒。願っても叶えてくれないなんて、それって無能なだけじゃん」

有紀は、真那にズイと手の平を突き出した。

「だから返して。私の五百円」

眼前に突き出された有紀の手の平を見て、真那は有紀の目を見返す。

腹立たしさが、フツフツと込み上げてきた。

「なに？　その目。八日以内なんだから、クーリングオフは有効でしょ？」

こんなのに、気を使う必要はない。

真那は、怒りの感情を露わにした。

「文句があるなら、神社に行って神様に直接談判して」

「神様に談判って……それ、本気で言ってんの？」

有紀は、真那の変貌に戸惑っているようだ。目元と口の端をわずかにひくつかせている。

「昔から人間は、自分の意見も神様に伝えてきた。そのうえで、神意をはかって生活をしてきたの。神様に談判して、永代さんの言い分が聞き入れられたのなら、どっかから五百円が勝手に転がり込んでくるんじゃないの？」

「そんな都合のいいこと……本気で起こると思ってんの？」

間髪を容れず、真那は答えた。

「神意は、人智ではかれない」

神様を馬鹿にする有紀が、真那は許せない。

たった一回神社を訪れたきりで、拝殿に上がって御祈禱を受けたわけでもないのに、どれだけの御利益(ごりやく)を望んでいるのだ。

第一、神社に祀られている神様は、なんでも願いを叶えてくれる便利屋じゃない。その土地をずっと見守ってきた産土神であり、土地で暮らす子孫を見守ってきた氏神だ。感謝の心を持たない者に、神様が応えるとは到底思えない。

「永代さん。言いたいことは、それだけ？」

静かに問うと、腕を組んだ有紀はそっぽを向いた。

腕時計に目を向けると、一限目が始まる二分前だ。

「私、もう行くから」

有紀の返事を待たずにトイレのドアを開ける。手洗い場には、まだメジャー系の女子達が群れをなしていた。

真那が出てくると、会話がピタリとやむ。

美奈子を中心とした女子達の浮かべていた笑みが、不機嫌な真那の姿を捉えた順に消えていった。真那ではなく、真那から五百円の絵馬代を取り上げた有紀が出て来るのを待っていたのだろう。

最低……と胸中で呟いて、メジャー系の女子達と目を合わせず、教室に直行した。

午前の授業終了を告げるチャイムが鳴る。

教科担当の教師が教室を退出すると、生徒達は昼食を食べるために席の移動を開始した。

実乃里は机を後ろに向け、真那の机と引っ付ける。カバンの中から弁当を出すと、勢いよく真那の顔を覗き込んだ。

「朝、なにがあったの？　永代さんと……」

「なにって……そんな、言うほどのことじゃ」

真那が言葉を濁すと、実乃里は弁当袋を固く掴む真那の手に自分の手を重ねる。

「だったら、なんで教室戻って来たとき……泣きそうな顔してたの？　それとも真那は、私に心配されるの、迷惑？　私が止めなかったから、怒ってる？」

重ねられた実乃里の指先に、力がこもる。

「私、これでも朝のこと気にしてるの……」

真那は微笑み、緊張に硬くなっている実乃里の手に自分の手を重ねた。

「迷惑じゃないし、怒ってないよ」

「じゃあ、素直になりなよ。痩せ我慢してるの、私には分かるんだから」

気遣いに目の奥が熱くなり、真那は唇を引き結ぶ。

「真那……」

「ただ、その……も、ものっ凄く腹が立つ！」

机に突っ伏すと、実乃里は子供をあやす母親の手付きで真那の頭を撫でた。

「それで、なんて言われたの」

「神様……ボンクラで無能って言われた」

実乃里は、真那と神様が友達だと知っている数少ない一人だ。真那が神様のことが大好きだと、実乃里はもちろん知っている。実乃里は、真那の顔を強引に上げさせた。

「自分が好きな人を馬鹿にされたら、そりゃ怒って当然だよ！」

「実乃里も、好きな人馬鹿にされたら……怒る？」

「当たり前でしょ！　機嫌を損ねないなら、本気じゃないってことだと私は思う」

たしかにそうだと、真那も思う。

「じゃあ、実乃里。誰と付き合ってるのか……そろそろ教えてくれない？」

「え？　まだ分かんない？」

驚く実乃里に、真那は頷いた。

「佐々木さぁん」

名前を呼ばれたけれど、真那は振り向くことをためらった。

振り向いて確認しなくても、声の主は誰だか分かる。しかし振り向かないほうが、なにかと面倒になりそうだ。

会話を中断して、真那は声の主へ顔を向ける。

予想どおり、そこにはメジャー系女子達の中心人物である美奈子が立っていた。

美奈子の後ろには、取り巻きの女子達六人が、真那と実乃里を教室の空間から隔離するようにグルリと壁を形成している。

今日は厄日だろうか、と真那はウンザリした。

美奈子は可愛らしい人形のような顔に、愛らしい笑みを浮かべている。

「ご飯、一緒に食ぁべよ」

「私、実乃里と食べるから、おかまいなく」

素っ気なく答えた真那の肩に手を置き、美奈子は顔を近付けた。真那は、背中が粟立つような感覚に襲われ、美奈子から少しだけ身を引いて距離を取る。

「たまには違う人と食べるのも、交流が持てていいじゃない？ 笹鹿さんなら大丈夫よ〜。今日だけなら、どこか他のグループの人が仲間に入れてくれるから」

断りを入れようと真那が弁当袋から手を放すと、脇から現れた手に、真那の弁当袋が掴まれた。弁当袋を掴む手を辿ると、その先には有紀がいた。

憎しみのこもる眼差しとは、こういうのを言うのかもしれない。

真那と有紀が睨み合っていると、美奈子が真那の手を取った。

「特別教室がいいなぁ。ねぇ、行こ？」

美奈子は真那の手首を掴み、強引に椅子から立ち上がらせる。ガタンッと盛大な音を立て、座っていた椅子が倒れた。

「行かない。私は実乃里がいいの。お弁当、返して」

美奈子は歩みを止め、肩越しに真那を見た。

「この私が、一緒に食べよぉって……誘ってるんだよ？」

「余計な御世話だと言ってるの」

愛らしい笑みを浮かべたまま、美奈子は真那に向き直る。

「ねぇ佐々木さん。今、誰も助けてくれないでしょ？　佐々木さん以外、この教室にいる人は誰も、私と佐々木さんが一緒にご飯を食べることに異論はないってことじゃない？」

「浅野さんの迫力に負けて、誰もなにも言えないだけだと思うけど？」

「佐々木さん、面白い人ねぇ」

目を細めた美奈子は、真那の手首を掴む手に力を込める。

「さぁ、行こ？」

真那に、拒否権はないようだ。引き摺られるように、教室をあとにする。

同じ階の廊下の端にある特別教室のドアは、すでに開いていた。教室の中央に人数分の机を集め、会議室で見掛ける長テーブルのように配置されている。

中央に美奈子。美奈子の正面に真那。真那の右隣が有紀だった。

とても居心地が悪い。取調室にいるみたいだ。

全員が弁当を開いているが、真那はどうしても、ここで弁当を食べる気分になれない。

ウインナーを箸で挟み、美奈子が言った。

「有紀ちゃんから聞いたんだけど~佐々木さんの家って、神社なんだって？」

「……私の家じゃなくて、正確には伯父さんの家だけどね」

薄い笑みを浮かべる美奈子は、有紀に目を向け、そして真那に視線を移す。

「有紀ちゃん言ってたよぉ。佐々木さんの所の神社でお願いしても、叶えてもらえなかったって。そんな神社の神様に、頼み事をする意味ってあるのかしら？」

真那は、隣に座る有紀を盗み見る。有紀は、なに食わぬ顔で唐揚げを頬張っていた。

有紀は美奈子に、どんな話し方をしたのだろう。

自分の願い事の内容まで、有紀は美奈子に伝えたのだろうか。

癇癪を起こしたら負けだと思い、真那は弁当袋を摑む手に力を込めて自制した。

「無能な神様なんて~いる意味ないよね」

「ある意味さ、ボッタクリじゃね？」

「だよねー。お金返してって言っても、返してくれなかったって言ってたし」

声をひそめて言葉を交わす面々を面白そうに眺めてから、美奈子が口を開いた。

「でもねぇ……本当は神様って、願いを叶えてくれるために存在してるんじゃないから、仕方ないよ～。困ったときの神頼みって言うけど、叶えてくれなくて当然って思わなきゃ」

真那は美奈子の意図が分からず、怪訝な表情を浮かべた。

美奈子は、形のいい唇を弧に歪める。

「歴史の授業で、古事記って習ったでしょ」

「日本で最初の歴史書だっけ？」

答えた一人に、美奈子は満足そうに頷いた。

「先生も授業の中で言ってたじゃなぁい？　あれは時の権力者が国を統治するために、都合よく編纂した物だって。国土や自然が存在する理由を説明したいから、男の神と女の神が結婚して生んだということにしてるでしょ。生きている人間が行ってはいけないタブーを記して、天から降臨した正当な神の血筋である大王こそが、国家を治めるに相応しいのよ～って」

美奈子は、真那を見ながら、左手の人差し指を顎に添えた。

「これのどこに、願いを叶えてくれるという要素があるの？　神様がしていることなんて、人間と同じだわ。欲望と感情のままに存在する、神と呼ばれるキャラクターの……どこをどう畏れ敬えばいいのかしら？」

真那は、弁当を抱き締める。

「それは学問としての解釈でしょ。自然を畏れ敬い先祖に感謝することで……土地に根付き、暮らしの中で脈々と受け継がれ、築かれてきた伝統とは別物だよ」

頬杖を突いた美奈子は、箸の先でグリンピースを転がした。

「そうねぇ。古事記や日本書紀に記された内容から、隠された事件事実を読み解き、大和朝廷が確立するまでのあらましを詳らかにする。学問として歴史背景を推測するための、研究判断の材料よ。その中で、国土がいかにして生み出され、たくさんの作物が存在する理由を説明しなければならなかった。だから、人間を超えた人間以外の存在を創造する必要があったのよ。妄想から創り出された神という存在に、それ以外にどんな役割があるのって……私は聞いてるの。理解できた?」

真那はだんだんと、歴史の講義を受けているような気分になってきた。

神社の研究に来たという人物からの、不躾な質問に対応するときの伯父の気持ちが少し分かったような気がする。

「伯父さんは、私に教えてくれた。太古の昔から、自然の中に意思が存在すると。人はそれを信じて、それを敬ってきたって。人間にはどうすることもできない災害も、自然に宿る意思の力を仰ぎ奉り信じることで……畏れ鎮めることで乗り越えようと、平穏な生活を守るために祈りを捧げてきたって。その気持ちは、学問で理解する分野じゃない。日常生活の中で、感じ取って知っていく部分だと、私は理解してる」

箸を置いた美奈子は、両手を組んで顎を乗せた。

「そんな祈りを捧げたって、災害は防げないわよ。それとも佐々木さんは、災害を引き起こす自然現象の全てに意思が宿っているから、祈りを捧げて畏れ敬うと言うの？」

美奈子は、神は存在しないと言いたいのだと、真那は理解した。そしてさらに真那の口から、神様の存在を否定するひと言を引き出したいのだと。

だけど真那は、神様と友達だ。友達の存在を否定することなど、できない。

「自然現象に意思を感じたとき、昔から人はそれを神の意思として捉えてきたって言ってるじゃない。天変地異は、荒魂（あらみたま）と呼ばれる神様の荒々しい側面が引き起こす現象と考えられた。だから昔は、荒魂を鎮める祭りを行うことが、天変地異による被害を拡大させないための手段だったの。少しでも早く事態を好転させたいと願い祈る行為は、今も昔も共通すると思わない？」

「佐々木さん、本気でそう思ってるの？　あはっ！　ウケる～」

美奈子の笑い声を聞きながら、心臓が緊張に鼓動を強くしているのを感じる。

美奈子に誘われた時点で、居心地が悪い状況に置かれるであろうことは覚悟していたけれど、まさか古事記に遡ってまで神様を否定されるとは思わなかった。

学術としての神の解釈と、信仰としての神の解釈は違うと真那は思っている。

どれだけ言葉を尽くしても、神様を全く信用していない人間に、経験に基づく真那の考えなど理解されないだろう。こんな試されるような言い方をされるのは、侮辱であるとさえ感じてしまう。

文句を言いながらも、神社に足を運んで絵馬を奉納した有紀のほうが、美奈子より素直なんじゃないだろうか。

「じゃあね～私のお願い叶えることができたら、佐々木さんの言ってること信じてあげる」

「……信じてくれなくて、いい」

「も～そんなこと言わないで。とぉ～っても簡単だから。ただの縁結び。私とナギ君がお付き合いできるように、佐々木さんの神様にお願いしてほしいの。ね～？　簡単でしょ」

真那の隣に座る有紀の体がわずかに強張った。有紀も涼介との結縁を望んでいたのだから、当然といえば当然だ。有紀の他にも、この場にいる何人かが、今の美奈子の発言に気分を害したことだろう。

「佐々木さーん。お返事はぁ？」

耳障りな美奈子の猫撫で声が、真那の神経を逆撫でする。

もう限界だ。

真那は弁当を抱き締め、勢いよく立ち上がった。同時に、ガラリと特別教室のドアが開く。

「真那！　いる？」

焦りを帯びた声に振り向くと、息を切らせた柳楽涼介が立っていた。

最初に状況を把握して、声を発したのは美奈子だった。

「あ〜ナギ君だぁ。どうしたの？　一緒にお昼食べる？」

愛らしい笑みを浮かべ、甲高い猫撫で声で喋る美奈子を一瞥し、涼介は瞳の中央に真那を据える。真那は黙ったまま、涼介の黒い瞳を見つめ返すことしかできない。

教室の中へ入って来た涼介は、まっすぐ真那の元へ向かって来る。

真那は、高ぶっていた鼓動が少しずつ落ち着きを取り戻していくのを感じた。

美奈子を始め、女子達がソワソワしているのが分かる。

真那の手首を摑んだ涼介は、表情を険しくした。

「迎えに行ったのに、どうして教室にいなかったの？」

迎えに行くもなにも、涼介となにも約束をしていない。涼介の意図を考えあぐねた。

「ねぇナギくーん、無視しないでほしいな〜」

拗ねた口調で言った美奈子と、美奈子の発言に笑い合う女子達に涼介は向き直る。

「今まで黙ってたけど……俺と真那、付き合ってるんだ」

ピタリと笑い声は止まり、女子達の視線が、いっせいに真那へ集まった。

真那が口を開こうとすると、黙っていろ、と涼介の目が語る。

隣に座る有紀の視線が痛い。

いったい涼介は、どう収拾をつけるつもりなのだろう。

「付き合ってるって……いつから？」

愛らしい笑みを保っているが、美奈子の目は笑っていない。

真那は固唾を呑んで、涼介の返答を待った。動揺した様子もなく、低く落ち着いた声音で涼介は答える。

「夏休み前から」

「へぇ〜。佐々木さーん、本当なのぉ？」

怒りを宿した視線を真那に向け、美奈子は答えを促す。

なんと答えたら、この場を切り抜けられるのだろう。

涼介の存在さえも、今日まで送ってきた日常生活からすれば、どうでもいい事柄に含まれていたのだ。涼介の性格は、雄大から与えられた情報以外なにも分かっていない。美奈子達が涼介の交際について把握しているとは思えないけれど、嘘をつくとあとあと厄介で面倒な事態になることは目に見えている。

問題発生は、火を見るより明らかだ。

「疑ってるの？」

涼介が薄く笑むと、美奈子の頬に朱が差し込む。

「昼休み終わっちゃうから、もう行くよ」

真那の手を引いて歩いた涼介は、特別教室のドアに手を掛け、美奈子達に向き直る。

「もう、俺の彼女に意地悪しないでね」

涼介は笑顔で念を押し、呆気に取られている美奈子達を拒否するように勢いよくドアを閉めた。

「あのっ、柳楽君？」

真那が呼び掛けても、涼介は答えない。涼介は真那の手を摑んだまま階段を下り、廊下を歩き、日陰になっている体育館裏にやって来た。

体育館の中からはボールが跳ねる音がする。昼休みを利用して、バスケットボールに興じる生徒がいるようだ。

涼介は摑んでいた真那の手を解放し、脱力したように裏口横のコンクリートの上に座り込む。両手を後ろに突いて軒を仰ぐと、立ち尽くしたままの真那に、申し訳なさそうな顔を向けた。

「ごめん。勢いで言っちゃった」

「勢い……」

真那はヘタリと涼介の隣に腰を下ろす。

緊張感から解放されたばかりの真那の頭は、考えることを放棄しているようだ。

ぼーっと眺めた空には、一筋の飛行機雲。

真那の腹の虫が、盛大な音を立てて自己主張した。

慌てて腹を押さえて涼介を窺う。顔を背けた涼介の肩は、小刻みに震えている。震えの度合いが、笑いの度合いを表すバロメーターだった。

「ふっ……弁当、ここで食べたら？」

恥ずかしさに頬が熱くなる。涼介から顔を背けて、苦し紛れの弁解をした。

「お腹が鳴るのは、生理現象だから仕方ない」

「だから、食べなって。今から教室に戻って弁当食べる時間もないし、なにより浅野さん達が帰って来たら怪しまれちゃうから」

涼介に言われるまでもなく、すでに弁当を広げ、箸を手にしていた真那は動きを止めた。

「そうだよ、怪しまれちゃう。いろいろ怪しまれちゃう！　どうしよう……これから私、どうしたらいいの？」

身も蓋もなく、学年一のイケてるメンズと言われている柳楽涼介に、付き合っている宣言をされてしまったのだ。

真那にとっては、今現在、もっとも直視したくない現実だ。

「まあ、食べなって。腹が減ってはなんとやらってさ」

たしかに、空腹では判断力も鈍ってしまう。

「……いただきます」

箸で半分に切った卵焼きを口に含む。砂糖のほのかな甘さに、緊張していた心が少し和んだ。次に、冷凍食品を解凍したインゲン豆の胡麻和えを口にする。舌に残る醤油の味が、白米への期待を大いに掻き立てた。

涼介は目を細め、弁当を頬張る真那を眺めている。

気恥ずかしさを覚え、顔を背けた。

「真那って、おいしそうに食べるね」

「なぜだか、みんなにそう言われるの」

アルミカップに入れられた金時豆を一粒口に入れた。金時豆の砂糖菓子のような甘さを中和したくて、またインゲン豆の胡麻和えに箸を伸ばす。口の中で、醤油の辛さと砂糖の甘さが絶妙に混ざる。白いご飯に箸を伸ばそうとして、ふと感じた疑問を口にした。

「どうして柳楽君……私があの教室にいるって分かったの？　クラスも違うのに」

涼介は、頰を掻きながら視線を逸らす。

「ノッチが……教えてくれた。ササッキーがヤバい、救出してこい！って」

「野口君が？　どうして？」

「ノッチは笹鹿さんから、俺に知らせろって急かされたって……そう言ってた」

「実乃里が……野口君に？」

真那が怪訝な表情を浮かべると、涼介は不思議そうな面持ちで小首を傾げた。

「だって、あの二人……夏休み前から付き合ってるでしょ？」

口に運ぼうとしていたご飯をポロリと落とす。

「実乃里の彼氏って、野口君だったの？　私、全然気付かなかった……」

しかし、付き合っている人を尋ねたとき、まだ分からないのかと実乃里は言った。

ということは、それまでのやりとりで気付く場面があったということだろうか。

実乃里と雄大は当初から、話題があれば会話をする仲だった。全く接点を持っていなかった二人が、急に距離を縮めたら関係を疑いもするけれど……そうでなければ、気付けというほうが難しいと思う。

今朝、三人は仲がいいのかと尋ねたときに、気まずさを含んだ視線が交錯した理由は……実乃里と雄大が、真那に付き合っていることを内緒にしたかったからだろうか。

隠されていたと知ると、一人だけ疎外されたみたいで、胸の奥に寂しさが芽生える。

「でも……どうして二人は、柳楽君に知らせたの？」

尋ねてから、ご飯を口に入れた。砂糖醤油の味が白米の甘さと混ざり、溶けていく。

そして待てども、涼介からの返答がない。

不審に思い、涼介の様子を窺った。

涼介の耳は心なしか赤味を帯び、頬が朱に染まっていく。

眺めていると、涼介は深呼吸を一つして咳払いをする。そして、居ずまいを正した。

なんだか、真那までかしこまった気持ちになってしまう。

もう一度、咳払いと深呼吸をして涼介は言った。

「俺が、真那の気を引きたがってたから……二人が協力してくれたんだよ」

ゆっくりと、口の中の物を咀嚼しながら、真那は首を傾げる。

言葉を交わしたこともない人間の、気が引きたいと思うものだろうか。まあ、一目惚れという言葉があるのだから、人によっては思うだろう。

咀嚼したものをゴクリと飲み込んだ。

「それは、つまり……？」

涼介は顔を赤くしながらも、真那から目を逸らさない。

「真那がよかったらだけど……このまま、俺の彼女になってほしい」

このまま、俺の彼女になってほしい。

涼介の言葉が、頭の中で反芻される。真那は素っ頓狂な声を上げた。

「ちょっ！　えっ？　それは、どういう……」

「言葉のとおり。告白だって受け取ってほしい」

「でも……だって私、柳楽君のこと全然知らないし……」

「俺は、見てた」

「みっ、見てた？」

「入学式のときに見掛けてから、俺はずっと気になってた。汽車で姿を見るたびに、一方的な執着心は湧くし、誰かに告白されて真那が付き合い始めたらどうしようって ノッチに相談したら、協力するって笹鹿さんまで巻き込むし……口実つけて教室に行くけど、真那とは全然目も合わないし」

涼介は早口で捲し立て、頭を抱えて俯いた。

「あーっもう、なに言っちゃってんだよ俺」

冷静で大人びていると思っていた柳楽涼介が、年相応に動揺しまくっている。

真那はふと、今朝の掃除時間に、雄大が言っていた言葉を思い出した。

涼介は、気遣い屋さんで一途な男だと。

少しだけ顔を上げた涼介は、穏やかな眼差しを真那に向ける。

「やっと今日、話ができた……」

自分に向けられる涼介の黒く澄んだ双眸から逃れたくて、視線を弁当に移した。

「ねえ、真那は今……好きな人、いる？」

神様は好きだが、異性として好きな人がいるかと問われれば、今までいないと答えていた。だから涼介の問いには、ノーと答えるのが正解だろう。

「いないなら、俺を恋人として好きになれそうか、今から判断してよ」

「今から？」

「だって、浅野さん達に付き合ってる宣言しちゃったし。お試し期間な感じでさ」

「お試し期間って、そんな……」

「彼氏彼女として今から付き合って、やっぱりどうしても好きになれないって告げられた別れなら、俺は甘んじて受け入れるよ。そしたら傍目から見ると、付き合ってた二人が別れたって構図になるじゃん？　浅野さん達にも怪しまれない、自然な流れの演出ができる。俺にとってもいい話。真那にとっても、いい話だと思うんだけどな」

涼介は上目遣いに、真那の顔色を窺う。

本心を言えば、美奈子や有紀にかかわりを持つことは、面倒だから避けたい。ほとぼりが冷めるまで、涼介の提案を甘んじて受け入れてもいいような気もする。

「真那の眼中に、俺が全く入ってなかったことは知ってる。そのことで、いつもノッチと笹鹿さんにからかわれてたしね。だから、お試し期間の間に、俺のことを知ってほしい。そうだな……お試し期間の終わりは、真那の気持ちが決まるまで……で、どう？」

「どうって言われても……」

神様の姿を見て、神様と会話をし、神様の屋敷に遊びに行くことが真那の日常だと知ったら……涼介も、美奈子のような態度を取るかもしれない。

憶測でしかないけれど、可能性はゼロじゃない。あんな気持ちは、もう嫌だ。

なんと言えば、涼介は諦めてくれるだろう。

「断る理由……考えてる？」

真那が正直に頷くと、楽しそうに涼介は笑った。

「真那のそういうところ、俺は好きだよ」

恥ずかしさに顔を覆うと、涼介はまた笑う。

真那は自分が持っている涼介の基本情報に、思ったことを口にするタイプ、と一つ追加した。

五

新暦の十一月は、旧暦の十月だ。

和名で神無月と表現される十月は、《無》を《の》と読んで《神の月》とも解釈される。そして全国の神様が出雲の大社（おおやしろ）に集結するために、社が神不在になってしまうから《神がいない月》だという認識のほうが一般的かもしれない。

全国の神様が集結して、会議が開かれるのは旧暦十月十一日からだ。

板敷の床の上で寝そべる真那の視線の先には、出雲の会議に向けて準備をしている神様の姿がある。願いで生じた光の粒が、蛍のように部屋中を所狭しと漂っていた。

この一つひとつの願いが叶えられるか否か、もうすぐ開かれる神様達の協議によって、判決が下されるのだ。

「ねえ、神様……ここにあるお願いって、一年間放置されてるの？」

去年の今頃にしたお願いが、今年の今になって協議されるのだとしたら、願った人は首が長くなっているのではないだろうか。

願いが叶わないと、有紀が言ったように感じている人間は、他にもいるということだ。

筆で巻物に願いを書き写しながら、神様は答えた。

『実は月に一回、定例会議みたいな集まりが開かれてるんだ。急を要する願いは、そこに持って行って、臨時に協議している』

「じゃあ、願い事が忘れられてるってことは……ない？」

『うん、ないよ。願いのとおりにならないのだとしたら、それは協議の結果、願いが聞き届けられなかった。もしくは、まだ願いを叶える時期ではないというだけだ』

「……そっか」

光が差し込む縁側に向かって座る神様の背中を眺めながら、真那はうつ伏せになる。

「約ひと月……神様は、出雲に行っちゃうから留守なんだよねー」

寂しいなーと呟くと、隣に神様が腰を下ろした。顔を伏せる真那の後頭部に、心地よい重みが生じる。神様は、小さな子供をあやすように、真那の頭を撫でた。

『この地域を預かっている代表として、ちゃんと責任を果たさないとね。それに、先輩の神様方が一堂に会する場に顔を出さないなんて、そんな不義理はできないから……行ってくるよ』

「神様の、先輩達？」

真那が問うと、神様は微笑む。

『最初の頃は、慣れないことばかりで……大層な迷惑と心配を掛けたんだ』

最初の頃とは、神様がこの神社に迎えられたときのことだろうか。

『真那も、期末テストの時期に入るだろ？　テスト期間は社に来ない約束になっているのだから、ちょうどいい。勉強を頑張りなさいよ』

「あぁ、頭が痛くなることばかりだ……」

体を横に向けて丸まると、神様にピタリと引っ付く。

『こらこら。どうせなら、柳楽涼介に甘えてやりなさい』

途端に、頬が熱を持つ。駄々をこねる子供のように、足をバタバタとさせた。

「ヤダー！　だって、よく分かんないし……なんなの、お試し期間って」

体育館の裏で涼介に告白をされてから、今日で一週間が経過している。

美奈子達メジャー系の女子達に付き合っている宣言をされてしまったその日から、噂は学校中に広まり、無数の好奇の視線に晒されるはめになっていた。

『真那は、柳楽涼介が嫌いなのか？』

「……嫌いじゃない」

『じゃあ、好き？』

彼氏彼女の好きは、友達同士の好きとは違う部類でなければならないと思っている。

実乃里に対する好きと、涼介に対する好きは、一緒じゃ駄目なのだ。

「あ～！　好きって、なんだ！　たったの二文字なのに……難しい」

意見を参考にしたくて、神様に尋ねた。

「神様は、人を好きになったことがある？」

『え……っ』

神様は大きく目を見開き、固まってしまった。

「あれ？　神様？」

呼び掛けても、顔の前で手をヒラヒラさせても、神様は微動だにしない。不安になって神様の手に触れると、神様の体はビクリと揺れた。顔を覗き込めば、露草色の瞳に真那が映る。

神様は大事なものに触れるように、優しく真那の頬に手を添え、そっと両手で包む。

吐息が漏れるような微かな声音で、サヨと聞こえた気がした。

「サヨ？」

耳に届いた名を口にすると、神様はハッとした表情になり、慌てて手を引っ込める。

そして小さく震える白い手で、自分の顔を覆った。

『……すまない』

一人で耐えるように丸くなる神様の背中。こんな神様は、初めて見た。

どうしたのと、その背に触れていいのか分からない。

真那は、サヨについて聞くことをやめた。聞けばきっと、神様を困らせてしまう。

「神様、息抜きにカステラ食べる？」

折敷の上には、学校の帰りにコンビニエンスストアで買ってきた一袋二切れ入りのカステラが置いてある。

今の真那にできるのは、神様の気を紛らわせることだけだ。

『そうだね……もうひと頑張りしてから、いただこうかな』

神様は立ち上がり、気持ちを切り替えるように大きく伸びをした。そして漂っていた願いの光に目を留めると、真那を呼んだ。

『願いは願いだからね。これは、出雲へ持って行くよ』

神様の手の動きに合わせ、真那の元へ一つの光が漂い来る。

両手を添えると、光から文字が浮かび上がった。

――柳楽涼介君と両思いになりますように　永代有紀

この光があるということは、有紀の願いが本物だったと真那にも分かる。

「でも……このお願い、クーリングオフするって、永代さん言ってたよ」

『だが、この神社へ談判に来ていない。きっと、本心ではなかったのだろう。友人達に話した手前、あとに退けなかったのではないか？』

「やっぱり神様、あのとき見てた？」

神様は微笑み、さあ？　と惚ける。正座をした膝の上で、真那は拳を握った。

「浅野さんのときも、見てた？」

神様は答えなかったけれど、見ていたのだろうという確信がある。

「もうね……凄く腹が立つの。はらわたが煮えくりかえるっていう言い方があるけど、アレって本当だ。思い出すと、今でも腹の奥底が焼けるみたいに熱くなる」

美奈子に、真那の価値観は伝わらない。

語るたびに空しくなる言葉があるのだと、あのとき痛感した。

『浅野美奈子のような人種は、かなり多くの割合を占める。今の時代は特にだろう。仏陀の教えである経典も、学術的な視点から研究がなされている。孔子の教えや、五行説を始めとする陰陽の理もだ。そういった学者と、教えを実践する者との間には、とても……とても深い隔たりがある』

真那は顔を上げ、神様を見た。真那の視線を受け、神様は小首を傾げる。白銀の髪が、サラリと流れた。

『どうした？』

「……神様は、神様なのに、神道以外のことも知ってるんだなと思って」

疑問を口にした真那に、神様は目を細め、わずかに片方の口角を上げた。

尋ねても答えてくれないときの表情だ。

真那は追求せず、手の中にある願いの光を神様に渡した。

「永代さんの願いは、叶わないの？」

『望まれても……ない縁は、結べない』

神様が手を動かすと、光は群れの中に戻って行く。

「私と柳楽君には、縁があるのかな？」

『真那が願うなら、私にもできることがある』

「願い……」

脳裏に、願いを叶えるという要素がどこにあるの？　と問うた、美奈子の言葉が蘇る。

美奈子の声を掻き消すように頭を振り、すがるような気持ちで神様に尋ねた。

「ねぇ神様……どうして人は、神様にお願いをするようになったの？」

神様は顎に手を添え、ふむと考え込む。

『どうして願うのか、か。なるほど……祈る側のときは、そんなもんだと思ってたから、深く考えてなかったな……』

神様は唸り、光が漂う天井を仰いだ。

『私が思うに、自分より力を持っている存在に願うのは……当たり前ではないのかな？

自分だけでは目的に到達することが難しいのであれば、自分以上に解決する力や能力を持つ存在に助力を求める。その対象が遥か昔から、人為の及ばぬ存在として神と名付け崇拝してきた存在か、能力ある人間かという違いだけだ』

露草色の瞳に、願いの光を愛おしげに映して、神様は目を細める。

『それに、願わないという行為は、希望を持たないと言っていることと同じではないか？』

「希望を？　どうして？」

『今の自分が置かれている環境よりも、さらに望む事柄がある。その事柄が実現するよう、祈り願う。希望があって、生ずる願いだ。願う対象がどれかなんて、その人間の心一つだろう。希望の……願いの種類がなんであれ、誠に強い想いは一途だ。願う対象が神として祀られている私ならば、光となって私に届く。だから願いとはなにか、なぜ願うのかなど……労力を費やして、無駄に頭を悩ませる必要はない』

無数に漂う願いの光の中に立つ、白銀の髪をした露草色の瞳の神様は両手を広げた。

『外野の言葉は気にするな。真那は、柳楽涼介と……どうなりたい？』

真那は、涼介に対する素直な気持ちを口にした。

「良い縁だったら、結んでほしい」

『悪い縁ならば？』

「結ばないで！」

神様は吹き出した。

『結局、どっち付かずじゃないか』

「それでも……これが、私の希望なの」

分かった、と楽しげに言った神様の手中には、新しく生まれた真那の願いが輝いていた。

十一月に入ると、朝の風が冷たさを増す。

そろそろ、コートの用意をしておいたほうがいいのかもしれないと、真那は思った。

真那が待つ、無人駅のホームに汽車が滑り込む。手動でドアを開けて中に入ると、
満面の笑みで手を振る実乃里の姿を見付けた。

長椅子の端に一人分のスペースを空けて座る実乃里は、手招きをして真那を呼ぶ。

汽車が動き始める前に、実乃里の元へ移動した。

「わざわざこの車両に来なくても、野口君達と一緒に座っててていいんだよ？」

「じゃあ真那も！　ノッチ君とナギ君と一緒に、今度からボックス席で座らない？」

小さな子供がするように、イヤイヤと真那は頭を左右に何度も振る。実乃里は膝に
置くカバンを抱え、頬を膨らませた。

「そんなに拒否んなくてもいいのにー」

「だって、まだ……なんか、ちょっと」

「まあ、無理にとは言わないから。でも、いずれは一緒に座ろうね」

笑顔の実乃里に、真那は頷く。長椅子に腰掛け、提げていたカバンを肩から下ろして膝に置いた。

四つある車両の中のどこかに、今日も涼介は雄大と共に乗っている。

汽車の中でも学校の中でも、お試し期間だと怪しまれないように、以前と変わらない適度な距離を保ってくれていた。

その心遣いが、真那には心苦しい。

「噂って、広まるの早いよね。嫌になっちゃう」

涼介と真那が付き合っているという噂が広まらなければ、もっと気が楽だったかもしれないのに。

「情報の発信源は、浅野さん達だって。別れさせてやるーって、かなり意気込んでたらしいけど……大きな御世話よね。私とノッチ君の努力が、やっと実ったのに！」

あの美奈子達なら、問答無用と言わんばかりに、手段を選ばず実力行使をしてきそうだ。涼介にまで被害が及んでしまっては、申し訳が立たない。

涼介の提案を受け入れたのは間違いだったかな……と、少し後悔した。

出雲へ向かった神様に、真那と涼介の縁の善し悪しを調べてもらうことになっているけれど、涼介にはなるべく早い段階で、好きになれないと断りを入れたほうがいいのかもしれない。

「モテる男が彼氏って、大変ね～」

真那は、親指と人差し指で作った輪を実乃里の頬に押し当てた。

「実乃里のほっぺた、たこ焼き！」

「やめいっ」

真那の手を払い除けた実乃里は、このやりとりを楽しんでいるようで、不機嫌になった様子はない。

汽車に揺られ、車窓が切り取る景色を眺めていると、実乃里が言った。

「フリーペーパー見てたときにね、私がナギ君と仲がいいのかって、真那が聞いてきたでしょ？　あのときね、実は凄く焦ったんだー」

真那に、実乃里と雄大と涼介の企みを気付かせてはならないという意思の確認が、あのとき交わされた視線で行われていたのだと、最近になってようやく理解した。

「三人で目配せし合って、微妙な雰囲気だったよね。仲間外れにされたみたいで、なんか私ショックだった」

膝に置いたカバンを抱え、真那がそっぽを向くと、実乃里は不気味に笑い出した。

「ふふ。仲がよくても、隠し事の一つや二つあるってもんよ」

「他にもあるの？　隠し事」

「ないよ」

あっけらかんと、実乃里は言い放つ。

「でも私、ミステリアスな女性に憧れてるの」

開けっ広げな性格の実乃里は、ミステリアスとは百八十度反対側に位置しているだろう。いつか実乃里に、ミステリアスな女性という言葉が当てはまる日が来るのかははなはだ疑問だ。

「でもね、私って聞いたことすぐに話したくなっちゃうでしょ？　ナギ君と真那を彼氏彼女にしよう作戦がなかったら、ノッチ君と付き合い始めたこと絶対に喋ってたよ」

真那は、流れる景色を眺めながら結論付けた。

実乃里が、ミステリアスな女性の雰囲気を漂わせる日は一生ないだろう、と。

汽車を降りて駅の改札を通った生徒達が、一団となって学校を目指す。小学生の集団登校のようにも見えるその集まりの中に、真那と実乃里もいた。

真那は、それとなく集団の中に涼介の姿を捜す。

視界の範囲内に、涼介の姿は見付けられない。安堵の息を吐くと同時に、わずかながら残念に思う感情が芽生えた。

　校門を抜け、開け放たれている生徒昇降口をくぐる。端から二番目の列に設けられているクラスの下足置き場を目指した。

　靴を履き替えようと、真那は下駄箱の中に手を入れる。

　途端に、手の甲から手の平を貫くような鋭い痛みに襲われた。

「痛っ」

　慌てて下駄箱の中から手を出し、恐る恐る左の手を確認する。なにかが刺さったような痕跡は見当たらない。下駄箱の中を確認しても、鋭利な物は見付けられなかった。

　貫くようなあの痛みは、気のせいだったのだろうか。

　怪訝に思いつつも、上履きを取るために、また下駄箱の中に手を入れた。再び、刺すような痛みが襲う。痛みに痺れて感覚の麻痺した手で上履きを掴み、簀の子板の上に落とすと、真那は靴を下駄箱の中に投げ入れた。

　頭を鈍器で強打されたような痛みと視界のブレに、目が開けていられない。

「真那？」

　呼び掛ける実乃里の声が、真那の耳にはくぐもって聞こえる。水中に潜っているときのような聞こえ具合が気持ち悪くて、手の平で耳を強く揉みほぐした。

「真那！　大丈夫？」

やはり実乃里の声は、くぐもって聞こえる。立っていられなくなり、その場に両膝を突いた。息苦しくて、浅い呼吸を繰り返す。

「先生呼んでくる」

保健室を目指す実乃里の足音をかろうじて聞き取る。実乃里が戻ってくる前に場所の移動をしなければと、気力で足を動かした。人目を避けて、階段の裏に滑り込む。

階段の裏は、式典以外でほとんど使うことのないパイプ椅子の収納場所になっていた。それでも、人一人が隠れるには、申し分ないスペースがある。

階段裏のスペースに潜り込むと、カバンを床に置き、体を丸めて隅に座る。

轟々と唸るような耳鳴りが、騒々しい朝の喧騒を完璧に遮断していた。

声を掛けられても、今の真那には、その声が届かないだろう。

制服の襟元から、神様からもらった御守りのペンダントトップを取り出す。そこに黒で描かれている伯池神社の神紋も、今は蒼く輝いていた。

真那は目を閉じて、光を宿したペンダントトップを挟むように両手を合わせる。

意識を集中して鼻から息を吸うと、ゆっくり口から吐いた。

息を一つ吐くたびに、神紋の輝きが少しずつ強くなる。

神様の瞳の色と似ている淡く蒼い光は面積を増し、真那の全身をほのかに包んだ。

「祓いには、荒ぶる神の、とまらねば、諸病(もろやまい)こそ、倶(とも)に消ぬめれ……」

神様から教わった呪文を小さな声で繰り返し唱えると、全身を包む蒼い光に癒されていくように、目眩と吐き気を伴う気持ち悪さ、耳鳴りが治まっていく。

唇をすぼめ、吸った息を強くフッと吹き出す。

蒼い光は炎のように揺らめき、空気に溶けて静かに消えた。

細く長く息を吐き、ゆっくりと目蓋を持ち上げる。

耳に届く朝の喧騒が、真那に正常を認識させた。

安堵の笑みを浮かべ、御守りの神紋を指の腹で撫でる。

「ありがと」

礼を告げると、呼応するように一度だけ、神紋が蒼白く瞬いた。

ペンダントトップを制服の中に隠した真那の胸中には、まだ少し不安が残る。

神様からもらった御守りに念じて症状がよくなったということは……真那にとって、耳鳴りを始めとする目眩や吐き気は、自身の体調の悪さから引き起こされたのではないという証明だった。

発熱や腹痛で体調を悪くしたときにも、今と同じように、御守りの首飾りに念じたことがある。だけど、ウイルスが引き金となる身の病は、すぐに治してくれなかった。

自分の身に、なにが起こったのか。真那一人では、原因が分からない。

相談できる神様は今、出雲にいる。出雲にいる間は、どれだけ呼び掛けても、神様は反応してくれないのだ。

会議は一週間で終わるらしいが、そのあとに直会と呼ばれる神様達の宴が開かれる。打ち合わせ、その他諸々を片付けた神様が伯池神社に戻るのは、神社を発って約ひと月後。

不安が増し、制服の上から御守りのペンダントトップを握り締める。

「真那……」

不意に、神様の声が聞こえた。

でも神様は今、出雲で会議の真っ最中だ。

不審に思いながら声のほうを見ると、涼介が真那を見下ろしていた。

「柳楽、君……？」

どうして真那は、涼介の声を神様の声と聞き間違えたのだろう。

どうして涼介は、真那が階段裏の、こんな狭いスペースにいると分かったのだろう。

涼介がどこから目撃していたのか、気が気ではない。

下駄箱で具合が悪くなったところからだろうか。それとも、階段の裏に移動しているところからだろうか。御守りの首飾りを手にして念じている最中であったならば、涼介は真那のことをどう思っただろう。

不安な想いで、真那は涼介を見つめた。

廊下に目を走らせた涼介は、真那のいる階段裏に身を滑り込ませる。

「もうちょっと、隠れてて」

慌てて立ち上がろうとした真那の肩を押さえ込み、涼介は真那を隠すように覆い被さる。

人が一人入れるだけのスペースに、二人は狭い。逃げ場所がないうえに、涼介と距離が近いこの体勢は、真那の心臓にも優しくない。

息をひそめた涼介は、雑踏の中から音を拾おうと意識を集中しているようだ。

真那も倣って息を殺し、聞き耳を立てる。

「靴が入ってたから、もう来てるね」

すると、聞くたびに苛立ちを覚えていた声が耳に届いた。

興奮気味な有紀の言葉に、美奈子の間延びした甲高い猫撫で声が続く。

「どうなったかなぁ？　凄く楽しみ～」

「でも、あんな非科学的な方法を美奈ちゃんが選ぶなんて思わなかった」

「ふふっ。あれだったら、ただのイタズラで落書きなのって説明ができるでしょ」

有紀と美奈子の声が近い。涼介の手に力がこもる。真那も緊張で身を強張らせた。

「ねえ、効果があったらどうする？」

「あんなやり方で、有紀ちゃん本当に威力を発揮すると思ってるの～？」

「うーん……ネットに書いてあった方法だしね。実は、半信半疑」

「私も～！　だけどね、たぁっぷり憎悪は込めたわ」

「あはっ！　私もー」

「早く別れさせるためなら、なーんだってするんだから……」

「美奈ちゃん、こわーい」

「ふふっ、有紀ちゃんこそ～」

有紀と美奈子の楽しげな笑い声が完全に聞こえなくなり、二人が遠くへ行ったと判断した涼介は緊張を解いた。真那と視線を合わせ、優しく微笑む。

真那の胸が、ドキリと音を立てた。

「鉢合わせるの、嫌だったでしょ？」

「う、うん。ありがとう……」

涼介は立ち上がり、頭上を走る階段を見上げる。

「それにしても、珍しいね……今日は二人だけなんて」

「いつも団体行動してるのに、どうしたのかな」

「分からない。でも、会話の内容が穏やかじゃないな……」

呟いた涼介は、険しい表情で首の後ろを掻く。

真那は、涼介の制服の袖口から覗く物に気が付いた。

深い海のような、瑠璃色の石。直径が五ミリくらいの小さな珠が連なっている、ラピスラズリのブレスレット。

ブレスレットというよりも、瑠璃の数珠というほうが、しっくりくる形状だった。

真那も立ち上がり、スカートのヒダを直す。埃は付いていないようだ。

「あっ、ちょっと待って」

そそくさと階段の裏から出ようとしていた真那は、涼介を振り向き見る。

半分に折った紙を手にしていた。

「……なに？」

涼介から紙を受け取り、その場で広げて見る。

手書きで、電話番号とメッセージアプリのＩＤが記載されていた。

「交換してなかったから、俺の教えとく。登録しといてほしいな」

「でも、私まだ……」

真那がためらっていると、涼介は表情を和らげた。

「ねえ、真那。今日、一緒に帰ろう？　それで、お互いのことが話せたら嬉しいな」

たしかに真那はまだ、涼介のことをほとんど知らない。

返事を待っている涼介に、コクリと頷いた。

廊下から、真那を捜して呼んでいる実乃里の声が近付いてくる。

真那の意識がそちらに向くと、じゃあね、と言って涼介は階段の裏から出て行った。

六限目の終了を告げるチャイムが鳴る。

教科担当の教師がいなくなると、教室の中に喧騒が広がった。

真那は机の上にカバンを置き、持って帰る物を吟味する。ペンケースとルーズリーフをカバンに入れたところで、教室の後ろにあるドアから黄色い歓声が湧き起こった。げんなりしながら後ろのドアに目を向けると、涼介はすでにメジャー系の女子達に囲まれていた。

実乃里が真那の机に椅子を寄せ、面白くないといった感じで頬杖を突く。

「相変わらずの人気ねー。真那の彼氏」

「あの女子達は、毎回毎回……飽きないのかな」

風物詩となっている光景に、真那と実乃里は冷ややかな視線を投げ掛けていた。

率先して話しているのは、もちろん美奈子だ。

「ねぇナギ君。今日はみんなでカラオケに行こうって話してたところなの。一緒に行こ？」

「そうだよ！　彼女なんてほっといて、一日くらい私らと遊ぼうよ」

「ちょっと〜彼女に聞こえちゃうよ〜」

クスクスと起こる笑い声も白々しくて、真那は反応する気にもならない。

美奈子が涼介の腕を取り、教室の外に引っ張って行こうとする姿が見えた。

自分の物を横取りされたときに感じる、モヤモヤとした嫌な感情が真那の胸中に広がっていく。

ついこの間まで、涼介のことをなんとも思っていなかったのに……。

芽生えた感情に、真那は少なからず戸惑いを覚えた。

涼介は、愛らしい笑みを浮かべる美奈子の手をやんわり解く。

「ごめんね。今日は俺、彼女と一緒に帰る約束してるんだ」

「だったらぁ、私達が彼女に言ってあげる～」

「真那を誘ったのは、俺だから」

じゃあね、と愛想笑いを浮かべ、涼介は美奈子達メジャー系女子の包囲網から抜け出した。

椅子に踏ん反り返って座る雄大が、尊大な態度で涼介を迎える。

「おい君ー。あの集団は、どうにかならんのかねー」

涼介はげんなりとして、ボールでドリブルをするように雄大の頭をペチペチと叩く。

「俺が聞きたいよ。ノッチがどうにかしてくれ……」

涼介の手を頭から退け、雄大は涼介の手の甲をつねった。

「無理だよ。涼介に彼女がいるってなっても、アイツら全然変わんないもん」

「神経が図太くて、羞恥心がないんじゃないの？」

「笹鹿さん、それ言いすぎ……」

雄大の手を叩き落とした涼介は、実乃里の発言に苦笑いを浮かべた。

「だってナギ君には真那がいるのに！　私もう、腹が立っちゃって」

真那は、怒りに膨らんだ実乃里の頬を手の平でプーと潰した。

「いいよ、放っておけば」

「駄目よ！　真那、アンタには嫉妬心がないのか」

「嫉妬心？　う〜ん……そうねぇ」

さっきの感情が、嫉妬心なのだろう。だけどまだ、その感情を認めたくない。

真那は返事を濁し、カバンを肩に掛け立ち上がった。

「そうだ、ナギ君。今朝ね、真那ったら突然具合が悪くなったの。今はケロッとしてるんだけど、帰り……気を付けてあげてね」

キョトンとして、涼介は真那を見る。

真那は実乃里に、今朝涼介と会ったことを伝えていなかったのだ。

それとなく視線を逸らすと、涼介は苦笑した。今度は人当たりのいい笑みを浮かべ、実乃里に向き直る。

「分かった。ありがとね、笹鹿さん」

涼介の言葉と笑みを受け、実乃里は満足そうに頷いた。

階段を下りながら、前を歩く真那に、涼介は意外だという口振りで話し掛けた。

「朝のこと、笹鹿さんには言ってなかったんだね」

「……うん。実乃里って心配症だし、言わなくてもいいと思ったから」

第一、説明のしようがない。原因不明の体調不良は、なんともなかったというひと言で終わらせるに限る。

真那と涼介は、それぞれの下駄箱に向かった。

隣のクラスである涼介の下駄箱は、真那の下駄箱がある列と向かい合わせだ。

靴を取るべく、下駄箱の中に手を入れる。するとまた、手の甲から手の平を貫く痛みに襲われた。

「つう……！」

目眩と共に襲って来た嘔吐感。真那は堪えるように口元を覆った。

風穴が開いたように、耳の奥が轟々と鳴る。

なんとか靴は取り出したが、上履きを置いたままにはしておけない。朝と同様に、上履きを下駄箱の中に投げ入れた。

目の前の景色が、グラリと回る。頭蓋の中にある脳が、直接揺らされているみたいだ。胸元では、神紋が描かれているペンダントトップの微かな振動を感じる。激流に呑み込まれて旋回しているように、平衡感覚を失った真那は、その場に崩れ落ちた。

「真那！」

倒れ込む寸前で、涼介に抱き止められる。途端に、真那を襲っていた気持ち悪さが、引き潮のように引いていく。首飾りの微細な振動も消えた。

なにが起きたのか、理解が追い付かない。

涼介の腕の中にいる真那の耳元で、低く苦しそうな呻き声が聞こえた。

涼介が、浅い呼吸を繰り返している。

真那を抱き止めたときに、どこかぶつけたのだろうか。

「っ……」

口元を押さえた涼介の顔色は、血の気がなく青白い。

「柳楽君！」

「ごめ……電話……」

「電話？」

真那達が通う学校の校則では、使用していなくても、校内で携帯電話を出している場面を教師に目撃された時点で即没収になってしまう。

涼介に肩を貸し、生徒昇降口をあとにして校門に向かった。校門から出て、すぐ脇に設置されているベンチに涼介を座らせる。

「柳楽君、スマホどこ？」

「ちょっと、待って……今、出す」

涼介は脂汗を浮かべ、制服のポケットからスマートフォンを取り出す。画面を見て操作をすると、真那にスマートフォンを手渡した。

「叔父さん……繋いだ、から……」

「私が、喋るの？」

驚く真那に、口元を手で覆う涼介は頷く。

プップッと接続中を告げる電子音。プルルルとワンコールしたところで、スマートフォンのスピーカーから離れている真那の耳に、男性の声が届いた。

「はい。涼介？」

真那は慌てて、涼介のスマートフォンを耳に当てる。

「もしもーし、涼介？」

「すみません！　柳楽君の、叔父さんですよね」

「……そうですよ。君は？」

電話から聞こえる声には、警戒心が宿っている。

甥の電話に出たら違う声が聞こえてきたのだから、不審に思って当然だ。

なんと言えば、涼介の叔父は警戒心を解いてくれるだろう。

悩んでいても埒(らち)が明かない。とにかく、涼介の現状を伝えなければ。

「柳楽君の同級生で、佐々木と言います。さっき突然、柳楽君が……」

「ああ、調子悪そう？」

「はっ、はい」

慣れているのだろうか。警戒心が解かれた涼介の叔父の対応は、どこにも慌てた様子がない。

涼介の突然の体調不良は、割と頻繁に起こる事態なのかもしれない。

「佐々木さんだったね。今、どこにいるの？」

「校門の横にある、ベンチに……」

「分かった。二十分くらいで着くから、待つように伝えてくれるかな？」

「私……到着されるまで、柳楽君と一緒にいます。あのっ！　なにか、しておいたほうがいい処置って、ありますか？」

「そうだね。飲み物でも、飲ませてやって」

「分かりました」

通話終了ボタンをタップし、スマートフォンを涼介に返す。自分のカバンをベンチに置いて、真那はハンドタオルをその上に敷いた。

「柳楽君、寝心地悪いと思うけど、ちょっとこれ枕にして寝ててね」

「……どうせなら、膝枕がいい」

「私、飲み物買ってくる」

涼介の発言を無視して強引に寝かせ、ベンチから少し離れて設置されている自動販売機の前に立つ。気分が悪いときに飲めるものは、水かお茶、スポーツドリンクのどれかだろう。

硬貨を入れ、スポーツドリンクのボタンを押す。

スポーツドリンクを手にしてベンチに戻ると、涼介は整った顔を歪め、苦しさに耐えていた。

「柳楽君、スポーツドリンク……飲める？」

尋ねると、青白い顔をしている涼介は上半身を起こす。真那の手からキャップが外されたスポーツドリンクを受け取り、ペットボトルに口を付ける。半分近く一気に飲んで再びカバンに頭を預けると、両腕を交差させて顔を覆った。

「っは～……頭ん中、ぐらんぐらんしてらぁ」

「気持ち悪い？」

「目眩と、吐き気と……耳が変だ。真那の声、水ん中で聞いてるみたい」

今の涼介は、朝の真那と同じ症状だ。

涼介は体を横に向け、背中を丸くする。

幅の狭いベンチの上で、長身を小さく丸めて横になる涼介の姿が、大型犬が横になって眠っているように見える。母性をくすぐられたような感覚を打ち消そうと、涼介から顔を背け、頭を撫でてみたいという衝動も理性で押し止めた。

「ねぇ真那。ドリンクのお金……返すね」

「具合悪いのに、そんなこと気にしてたの？」

「奢るのは俺が先だって、密かに決めてたのに……計画が頓挫しちゃったよ」

涼介は仰向けに姿勢を戻し、カバンに頭を預けたまま真那を見る。

「だってさ……好きな子には、なんかしてあげたいでしょ」

「え……っ」

涼介は、しっかりと真那の目を見て逸らさない。

頬と耳が熱くなる。涼介の真摯な眼差しから逃れるように、顔を背けた。

どうして涼介は、恥ずかしげもなく、こんな台詞を言えるのだろう。

「真那って、照れると顔を背けるよね」

涼介の声は、笑っている。

「もうっ！　照れたら背けるの、普通だよ。恥ずかしいんだから……」

「じゃあ……真那は俺のこと、ちゃんと意識し始めてくれてるんだ」

真那は言葉に詰まる。

「お試し期間終了も近いかな～」

調子が悪いのに、あえて楽しげに言う涼介に反論できない。

真那は視界を遮るように、涼介の目を覆う。

「具合悪いんだから、目ぇつむっときなよ」

涼介は満足そうな笑みを浮かべたが、そのまま静かになった。

相当具合が悪いのに、真那に気を使って明るく振るまっていたのが分かる。

涼介の顔に掛かる髪をそっと除け、真那は小さく声を漏らした。

眉の形に鼻の形。顎から頬にかけてのライン。マスカラを付けたような、長い睫毛。

涼介の顔の造りは、神様に酷似している。

フリーペーパーに掲載されていた涼介の写真を見て、誰かに似ていると思っていた誰かとは、神様のことだったのだ。

骨格が同じならば、声の響きも似て当然。

神様と涼介の違いは、髪の色と瞳の色。そして、肌の色。

涼介に対して、急に親しみを覚えた。

涼介は眠ってしまったのか、鳩尾（みぞおち）に置いていた手がダラリと落ちる。

制服の袖口から、小さな珠の連なりが現れた。瑠璃の数珠は、三重にして手首に巻かれている。

朝見た石とは別物かと思ってしまうくらい、石の色が白く薄くなっていた。

一台のワンボックスカーがハザードを点け、真那と涼介の前に停車した。

運転席のドアが開き、中から着流しに羽織をまとった男性が現れる。

男性は真那を見付け、べっ甲縁のメガネの奥にある目を細めて会釈した。真那も慌てて立ち上がり、頭を下げる。

「君が佐々木さん？　僕、涼介の叔父です。御堂志生と言います」

「佐々木真那です！　お呼び立てして、すみません」

志生は苦笑を浮かべ、顔の前で手を振った。

「お呼び立てだなんて、かしこまらなくても大丈夫だよ」

真那は、ベンチで横になる涼介を呼んだ。

「柳楽君、お迎えだよ」

身動ぎした涼介の元へ歩み寄り、志生は膝を折る。手の平を涼介の額に掲げると、呆れたように溜め息をついた。

「またこれは……どうしてこんなの吸い取るかな」

涼介は拗ねたように、くぐもった声で答える。

「ちょっと、いろいろあって……」

「詳しくは、あとから聞くよ」

志生は、帯に挟んでいた手の平サイズの錦の袋を取り出す。上半身を起こした涼介の首の後ろに錦の袋を当て、口の中でぶつぶつと何事か唱えた。

「っ……！」

涼介は息を詰め、両手でこめかみを押さえる。

志生はフッと強く息を吹き、錦の袋で涼介の頭を一撫でした。

「どうだ？」

「耳が変だったのは、マシになった。けど……まだ気持ち悪ぃ」

「応急処置だからね、続きは家で。律さんに来てもらったから。ほら、車に乗って」

志生は後部座席のドアを開け、涼介に乗るよう促す。真那は涼介に肩を貸し、志生の元へ連れて行った。

「なんだ？　まだ一人で歩けなかったのか」

志生が問うと、涼介はニヤリと笑う。

「彼女の優しさには、甘えるの」

「ちょっ、柳楽君！」

へぇ～と、志生は興味津々に、慌てる真那を見た。

「涼介の彼女？　なるほどねぇ」

顎を擦りながら、志生は真那の顔をまじまじと見て、納得したように頷く。

「だから、ぶっ倒れるの承知で吸い取ったのか……」

志生は真那に、申し訳なさそうな笑みを向けた。

「ごめんね、真那さん。馬鹿な甥のせいで大変な目に遭わせて」

志生の謝罪は、涼介の介抱に対してだろうと解釈した。だけど結果として、真那にとってはいい機会だった。

涼介の介抱をしなければ、涼介が誰に似ていたのか気付けなかったのだから。

「気になさらないでください！　それより、柳楽君を……」

「ああ、そうだったね。ほら、いつまでも彼女に引っ付いてないで、さっさと車に乗る！」

志生に介助され、涼介はやっと後部座席に倒れ込む。真那はベンチまで涼介のカバンを取りに行き、車に戻ると、後部座席のドアを閉めた志生に尋ねた。

「柳楽君のカバンは、どこに？」

「悪いけど、真那さん。それ抱えて、助手席に乗ってくれるかな」

「でも……私、汽車で帰りますから」

「汽車通？　それなら、駅でも家でも送ってあげるから、遠慮も心配もしないで」

志生は腰を屈め、真那と目線を合わす。錦の袋を取り出して、真那の頭に乗せた。

なにかが駆け抜けるように、真那の背筋はゾワゾワと粟立つ。

「君はこれで大丈夫だけど、ちょっと気になることがあるから」

「気になること……？」

「うん。だから、一緒に乗ってね」

志生は穏やかな笑みを浮かべているけれど、断れる雰囲気ではない。

おとなしく、志生に従うことにした。

六

志生が運転するワンボックスカーは、車がギリギリすれ違える狭い道を走る。

昭和を感じさせる住宅が建ち並ぶ一画に車を進め、庭先の駐車スペースに停車した。

車が停まった音を聞き付けたのだろう。《御堂》という表札が掲げられている玄関が開き、中からショートカットの女性が姿を現した。

ピッチリしたパンツ姿の女性は、車まで自分が迎えに行くという気はさらさらないらしい。腰に手を当て、志生と涼介が、玄関にいる自分の元へ到着するのを待っている。

後部座席のドアを開けた志生を手伝うべく、真那は志生の斜め後ろに待機した。

「涼介、着いたぞ。ほら、摑まりなさい」

涼介は唸りながら腕の力で上体を起こし、志生の肩に摑まる。

「う～死ぬ～吐く～目ぇ回る～」

「僕と律さんがいるんだ、死にゃしないよ。ほら、あと少し」

涼介は、志生に引き摺られながら玄関へ向かう。真那は自分のカバンと涼介のカバンを持つと、後部座席のドアを閉めて志生と涼介のあとに続いた。

玄関で待っていた女性の元へ辿り着くと、思わず息を呑む。

キリリとした眉に切れ長の目をしているショートカットのその女性は、真那が思う美人の要素を全て兼ね備えていた。

スラリと長い手足と、くびれた腰、豊満な胸元に視線が自然と向かう。

真那が見惚れていると、女性は綺麗な顔に不敵な笑みを浮かべた。

「涼介。アンタ、凄いの連れて来たね。どこで吸い取ったの？」

「あ、あとで、話すから……」

涼介は、もはや虫の息だ。

「では律さん、お願いします」

「オッケ。任せて」

志生から涼介を受け取り、律と呼ばれた女性は涼介に肩を貸す。

「ほら、しっかり歩きな！　男の子でしょ？」

律は豪快に涼介の尻を叩いた。

「律さん……っ！　頼むから、今は労わって」

「なぁに情けないこと言ってんの。ちゃっちゃと片してあげるから安心しなって～」

笑いながら、律はまた涼介の尻を豪快に叩く。

呆気に取られた真那がカバンを持ったまま立ち尽くしていると、車のドアをロックした志生がやって来た。

「カバン、持つよ」

真那の手から涼介のカバンを取り、志生は家の中に入るよう促す。

「おじゃまします……」

「はい、どうぞ」

敷居をまたぐと、空気がピンと張り詰めたように感じた。

「どうしたの？　立ち止まって」

律と涼介が脱ぎ散らかしたままの靴を揃えていた志生は、不思議そうに真那を見る。

「なんか、空気が変わった気がして……」

「ああ、分かる？　余計なモノまで入らないように、結界を張ってるんだ。仕事柄、要らないモノはなるべく入れないようにしとかないと」

「仕事？」

真那が問うと、志生は、律と涼介が歩いて行った廊下の先へ顔を向けた。

「さっきのサバサバした女性は、栗原(くりはら)律さん。お祓いの専門家だよ」

「……お祓い」

「そう。涼介のアレは、病院に行っても治らない」

病院の治療ではなく、お祓いの専門家である律の処置で涼介は治る。

ということは、涼介も、朝の真那と同じ。

ウイルスが引き金となる、身の病ではないということだ。

「ああいうのは、僕や律さんみたいな人間に任せてもらわないとね……」

志生は手にしていた涼介のカバンを肩に提げ、玄関に立ち尽くしたままの真那を安心させるように穏やかな笑みを向ける。

「さあ、真那さん。お茶でも飲みながら、お祓いが終わるのを待つとしましょう」

志生は真那に、律と涼介が歩いて行った廊下と反対側の廊下を指し示した。


真那が通されたのは、八畳の客間だった。

床の間には色彩山水画の掛け軸と、備前焼の花入れが設えられ、紅葉が始まったばかりの錦木が活けられている。

庭に面した障子は開け放たれ、大きな窓からは手入れされた庭が臨めた。

十一月の午後五時の太陽はずいぶんと低くて、外はほの暗い。

夜をまとい始めた庭の一角に、木の柵で囲われている場所を真那は見付けた。全体像は判然としないが、木の柵には縄が張り巡らされ、等間隔に幣が垂れているようだ。

「なにか、興味を惹く物があったかな？」

盆に湯呑みを二つ乗せ、志生が襖を開けて入って来る。

「あれは、なんですか？　注連縄みたいな物が巻かれてる……」

志生は真那の前に、茶托に載せた湯呑みを置く。

「薄暗いのに、よく見えたね。あれは、井戸だよ」

「井戸？　井戸って、まだあるんですね」

「あれは特別な井戸なんだ。御堂の家は代々、あの井戸のお守を任されている」

「井戸の、お守……ですか」

自分の前にも茶托に載せた湯呑みを置き、志生は井戸に目を向けた。

「本当は涼介の父親がお守をする予定だったんだけど、惚れた女性の家に婿入りしてしまってね、僕がお守役になったんだ。あの井戸はね、僕達が住んでいる世界以外の場所に繋がる出入り口。悪用されないように、ずっと目を光らせているんだよ」

志生は真剣な表情をしていたが、小さな息を一つ吐くと自嘲気味な笑みを浮かべる。

「なーんて言っても……真那さんは、冗談だと思うだろうね」

肩を竦めた志生に、真那は声を強めた。

「私、知ってます！　私達が住む場所以外にも、世界が存在していること……」

志生は意外そうに、メガネの向こうの目をわずかに大きくする。

「私の伯父は、伯池神社の神職なんです」

「伯池神社って、鎮守の森の中に大きな池がある？」

真那が頷くと、志生は顎に手を添えた。

やっぱり、そうかな……と呟くと、庭にある井戸に目を向ける。

「伯池神社の神様も、あの井戸を通ってこの家に来るよ」

「えっ！　神様も？」

驚いた真那の声は裏返る。楽しそうに笑う志生は、そうかそうかと頷いた。

「自分の姿が見える女の子と友達になったって、十年くらい前に伯池殿(はちどの)が言ってたけど……その女の子って、真那さんだったんだね」

真那の驚きは、まだ消えない。

「どうして、神様を……知ってるんですか？」

心臓の鼓動を大きくする真那に、志生は穏やかな笑みを向ける。

「昔から、いろいろと助けてもらってるんだ」

「昔から？」

「神として祀られる以前の彼は、凄腕の修験者で、呪術師だったでしょ？」

真那は、自分の耳を疑った。

「神様が……修験者で、呪術師？」

「おや？　聞いてないのかい」

驚いて尋ね返した志生に、神妙な面持ちで頷く。

戦国時代の武将や、土地の権力者が死後に祀られて神となった例は、真那も知っている。けれど、まさか神様が人間として生きていて、しかも修験者で呪術師だったなんて……。

神様の身になにが起きて、神として祀られるようになったのか。

知りたい。とても知りたい。

「あの、神様は……どうして、神になったんですか？」

志生は困ったように眉根を寄せ、顎を擦る。

「口を滑らせた僕が言うのもなんだけど、伯池殿にとってのプライバシーだからね……本人の許可がないと、これ以上は喋れないよ。ごめんね」

「そう、ですよね……。すみません」

落ち込む真那に、志生は苦笑を浮かべる。

志生は湯呑みの蓋を取り、茶托の脇に置くと、窓の外にある井戸へ目を向けた。

「井戸のお守は、先祖代々のお仕事だけど、僕個人の仕事は仲介業なんだ。悩み相談やお祓いが必要な人に、カウンセラーや律さんみたいな拝み屋を紹介してるんだよ」

湯呑みを手に取り、志生は喉を潤す。

「律さんは、土御門の流れを汲む陰陽の術の使い手でね、特に占術とお祓いが得意なんだ」

志生は湯呑みを茶托に置いた。

「真那さんは、どうして涼介の具合が悪くなったか……心当たり、ある？」

「心当たり……？」

下駄箱の前で真那を支えてくれたときには、すでに涼介の具合は悪くなっていた。

涼介が口にした不調は、真那と同じ。目眩と耳鳴り、吐き気を伴う気持ち悪さ。

真那がその症状に見舞われたのは、朝も夕も、下駄箱で刺すような痛みに襲われてからだ。

心当たりとして思い浮かぶ具合が悪くなったときの共通点は、どちらも、下駄箱に手を入れたときの痛みくらいしかない。

真那は、自分の前に置かれた湯呑みに視線を落とす。

「私の具合が悪くなって、倒れそうになったところを……柳楽君が支えてくれたんです。気付いたときには……私の不調は不思議と消えていて、柳楽君の具合が悪くなってました」

「涼介の不調と、真那さんの不調の原因は……同じだよ。涼介が、真那さんの不調を吸い取ってしまったから」

「不調を……吸い取る？」

眼鏡の奥の目を細め、志生は首肯する。

「あの子の体質でね。僕に似て、死んだ人間や妖怪精霊の類まで見えてしまうんだ。見える人は感受性が強くて、影響を受けやすいからね。大概のモノは防げるように、シールドの役割として御守りの数珠を着けさせてる」

涼介の手首に巻かれていた数珠は、真那が神様からもらった御守りの首飾りと、目的を同じにしていた物らしい。

だけど、と志生は、表情を曇らせる。

「瑠璃の数珠でも防ぎきれないくらい、かなり大きくて強力だったんだね。真那さんに向けられていた、負の感情は……」

志生の言葉を掻き消すように、大きな音を立てて襖が開いた。

勢いよく開いた襖の音に、真那と志生はビクリと肩を揺らす。

「ゆっきたっかくーん！　車、出して」

襖を開け放した律は、威風堂々と仁王立ちしている。

「律さん、自分の車で来てるでしょ？」

志生の発言に、律は形のいい眉を片方だけ器用に上げて腕を組んだ。

「無料で祓ってあげてるんだから、車くらい出しなさいよねー。今ガソリンいくらすると思ってんの」

　志生は苦笑いを浮かべる。

　どうやら志生は、律に頭が上がらないらしい。

「分かりましたよ。それで、どこに行きたいの？」

「涼介の学校。早くしないと、カギ閉められちゃう。人目がない間に終わらせないと、また今日の二の舞よ」

　真那が腕時計を見ると、時刻は午後五時二十五分。今から出発したとして、到着は午後六時くらいだろう。その頃には、部活をしている生徒達も、顧問に追い立てられるようにして下校したあとかもしれない。

　律はビシッと、真那を指差した。

「あなたも来て」

「っはい！」

　背筋を伸ばして返事をすると、志生はプッと吹き出す。

「真那さん、怖がらなくてもいいよ。あれが律さんの普通だから、怒ってるわけじゃない」

　志生の言葉を受け、律は切れ長の目を円くした。

「あら？　ごめんね。怖がらせちゃったかしら」

「いえっ、そんなことないです！　私、美人さんを目の前にすると緊張しちゃうんです」

「ねえ、聞いた？　志生君！　美人さんだって～」

律は上機嫌で真那の元へ走り寄り、素早く隣に腰を下ろす。

色素の薄い茶色い瞳で真那を眺める律は、真那をフィルターにして別のなにか、他の物を見ているようだ。切れ長の目はさらに細められ、紅い唇が緩やかな弧を描く。

「私、この子気に入った！」

真那を抱き締め、律は破顔する。律の柔らかさがダイレクトに伝わり、真那は赤面した。

「それは災難……」

災難とは、どういう意味だろう。志生は、真那に憐みの眼差しを向けている。

「お嬢さん、お名前は？」

「佐々木……真那です」

おずおずと答えた真那の頭に、律は頬を寄せる。

「真那ちゃんね！　可愛いなぁ～。私は栗原律。律姐さんって呼んでね」

「律……姐さん、ですか」

真那を抱き締める律の腕に力がこもり、ぬいぐるみにでもなった気分だ。

「も〜っ、涼介にはもったいない！　っていうか、どうして涼介は内緒にしてたのよ」

湯呑みの茶を啜りながら、志生は興味なさそうに答えた。

「律さんに、目を付けられたくなかったからじゃないんですかね？」

「えっ！　あのっ？　目を付けるって……」

湯呑みを茶托に置き、志生はまた憐みの眼差しを向ける。

「律さんは、可愛い女の子が大好きなんですよ。気に入られた子は、今の真那さんみたいにセクハラされまくりです」

だから志生は、災難という言葉を選んだのか、と納得した。

「さあ、イチャイチャはあとで！」

志生は立ち上がると律の背後に回り、襟首を摑んで強制的に真那から引き剝がす。

「あん！　もうちょっと、真那ちゃんの柔らかさを」

「変態発言は控えてください。時間がないんでしょ？　カギ閉まるよ！」

「そうだった！　あ、真那ちゃんも来てね？　下駄箱の位置を教えてもらわなきゃ」

「下駄箱？」

「そう。真那ちゃんの下駄箱に、呪いが掛けられているのです」

「呪いって、丑の刻参りみたいなのですか？」

下駄箱に呪いを掛けるなど、聞いたことがない。

「真那さん。呪いは、気持ちさえこもれば……媒体がなんであれ、威力を発揮します」

そして志生は、耳に残る低い声で呟いた。

人は、想いの強さで人を殺せるのです……と。


律は車内にカバンを投げ入れると、後部座席に座ってシートベルトを締め、腕を伸ばして首をポキポキと鳴らす。

「女の嫉妬は怖いねー真ぁ那ちゃん！」

律は腕を勢いよく振り下ろし、隣に座る真那に抱き付くと、頭に頬を押し当てた。

真那はこの数分で、美人に抱き付かれたときの、男性の気持ちが理解できたような気がする。

運転席から、志生は真那を呼ぶ。

「変態の隣ではなく、助手席に座りますか？」

律は不満そうに、形のいい唇を尖らす。

「変態とは失礼しちゃう。可愛い子には、抱き付きたい。これは本能よ！」

「その本能が変態だと言ってるんですよ。まったく……それで、涼介の様子は？」

仕方なく真那から離れ、後部座席の背もたれに背中を預けた。

「部屋で寝かせてる。薄くなってた瑠璃の色も、ちゃんと元の色に戻ったし。明日には、もう回復してるわ。土日で学校も休みなんだから、ゴロゴロさせとけばいいのよ」

だけど……と律は、顎に人差し指を添える。

「今回は完全に涼介のミスよね。祓い終わってから経緯を聞いたんだけど……真那ちゃんが、とんだトバッチリじゃない！」

真那が首を傾げると、律は真那の肩に頭をピトリと寄せた。

「志生君にしても涼介にしても、思春期の乙女心を全く理解してないのよね」

でも、と言って、律は真那の頬をつついた。

「好きな子を守ろうとして取った行動だからね。叱ったあとに、褒めといてあげたわ」

涼介は、美奈子達に真那と付き合っている宣言をしたところから説明したようだ。

どんな顔をしていいのか分からず、膝頭に視線を落とす。

「呪いを掛けた人は……柳楽君が好きで、私を妬んでいる人ですよね？」

涼介と真那が付き合っていると噂が流れてから、廊下や教室で、ひがみと嫉妬のこもった眼差しを向けられていることに気付かないほど鈍感ではない。

「そうね。あの子、女子に好まれる顔してるから。涼介も、呪いを掛けてくるとは思わなかったって言ってたけど……認識が甘いわね。生きている人間が、一番怖いのよ」

真那に向けられた呪いを吸い取ってしまったがために、涼介は具合が悪くなり、結果として志生や律の手を煩わせることになってしまった。

沸き起こる自責の念は、やすやすと消えてくれそうにない。

「真〜那ちゃん！　可愛い顔が台なしよ。言ったでしょ？　涼介のミスだって」

「そうです。真那さんが気に病む必要はありません。吸い取ってしまうあの子の体質は、昨日今日発覚したのではありませんから。ちゃんと、防ぐ手段も教えてあります。今回みたいに、ひどくなるのは稀なんです」

顔を上げられずにいると、真那の耳元で律が囁いた。

「真那ちゃんは、胸の奥が恋焦がれるほどに、人を好きになったことある？」

真那の脳裏には涼介が浮かび、頬がにわかに熱を持つ。

「今が、その時かな？」

律は楽しげにクスクスと笑う。

「白状しちゃいなさいよ。真那ちゃんは涼介のこと、どう思ってんの？」

「え、えっと……その……」

言葉に詰まっていると、唐突に律は真那に抱き付いた。

「もー真那ちゃん可愛い〜」

「律さん。セクハラ禁止」

「いいじゃないのよ〜抱き付くくらい」

律は頬を膨らませて名残惜しそうに真那から離れると、身を乗り出して、運転席に座る志生の横に顔を出す。

シートベルトが、まるで意味をなしていない。

「私さ、手加減しなくていい？　どこの誰だか知らないけど……許したくない」

「無料で祓ってもらっていますから、どうぞ律さんのお好きなように」

「じゃあ、そうする！　だってさー素人が安易に手を出しちゃ駄目でしょ？　身をもって、呪いの危険性を味わわせなきゃ」

「ずいぶんと、御立腹のようですね」

「当然よ。私のオモチャの涼介と、私の可愛い真那ちゃんをひどい目に遭わせたんだから」

「律さん、身内贔屓？」

冗談交じりに尋ねた志生に、律はとても男前な笑みを浮かべて頷いた。

十一月の午後六時は、夕方ではなく夜だと真那は思う。

音が消えた校舎は暗闇に沈みそうで、不気味な静けさを漂わせていた。

真那を先頭に、カバンを肩に提げた律と志生も学校の敷地内に入る。

生徒昇降口に到達し、ドアに手を掛けたがピクリとも動かない。

「どうしよう……もう、カギ閉まってます」

「あ〜遅かったか……」

律は、自分の額をペチリと叩いた。

どうにかして、中に入る手段はないだろうか。教室ではなく、生徒昇降口に用事がある口実をと、真那は考える。

不意に、真那にしか言えない口実が一つだけ思い浮かんだ。

「私、事務室に行ってきます！」

律と志生の反応を確認せず、生徒昇降口をあとにする。正面玄関に回り、中の様子を窺った。

正面玄関の真向かいには、来客の応対をする事務室がある。事務室の電気はまだ点いていて、中で机に向かっている数人の姿が見えた。

生徒は帰らせても、教師や事務職の人間はまだ学校に残っているのだ。

正面玄関のガラス戸を押すと、なんの抵抗もなく開いた。

事務室の前に立つと、受付窓口をノックする。事務室の中にいた事務員の視線が集まり、若い女性が一人近付いて来た。

「どうしたの？　下校時間は、とっくに過ぎてるでしょ」

真那は焦りをにじませ、切羽詰まった声で懇願した。

「生徒昇降口に入りたいんです！　カギを開けてもらえませんか？」

「生徒昇降口？　なんの用事があるの？」

女性は怪訝な表情を浮かべる。真那は、必死を装った。

「大事な物、落としたみたいなんです！　あれがないと、不安で……」

「大事な物？　財布？　ケータイ？」

違うと頭を振り、胸の前でギュッと手を握る。不安いっぱいの声で、その物の名を口にした。

「……御守りです」

「御守り？　御守りなら、月曜でもいいんじゃないの？」

「ちゃんと持ってなさいって言われてる、とても大事な御守りなんです。土日の間に、なにかあったらどう責任取ってくれるんですか？　落としたのは多分、靴を履き替えたときだと思うんです。だから、お願いします！」

「でもねぇ……」

女性が渋ると、後ろから声が掛かる。

「その子、伯池神社の子だろ？　こないだの縁日で、御札や御守り売るの手伝ってたよね」

「はい、そうです！」

顔を輝かせて勢いよく返事をすると、対応していた女性は真那に尋ねた。

「えっ！　伯池神社って、縁結びで有名な？」

「あそこって、学力アップじゃなかった？」

「そうなの？　夫婦円満って聞いたけど……」

「僕は、五穀豊穣と無病息災って聞きましたよ？」

事務室にいる人間の視線が、全て真那に集中する。

「あの神社って、どんな御利益あるの？」

真那は、接客用の笑みを浮かべた。

「どんなお願いでも、日々の感謝と共に、心から願えば神様に届きます。ぜひ、足をお運びください」

真那の対応をしていた若い女性は、なるほどね、と納得したようだ。

「神社の子だったら、御守りがないと不安かもねぇ」

壁に設置されているカギ置き場から、生徒昇降口、とラベルに書かれたカギを手にする。

「貸出し開始時刻に今の時間を書いて、名前と学年とクラスと……目的をここね」

女性の指示どおり記載し、貸出し開始時刻に午後六時七分と記入して、カギを受け取った。

「外から開ければいいからね」

「はい、ありがとうございます！」

カギを手にし、急いで生徒昇降口に戻ると、志生と律の姿を捜す。

「真那ちゃーん、こっちー」

自転車小屋の陰から出てきた律は、間延びした声で真那を呼んだ。

真那はカギを掲げ、志生と律に見せる。

「カギ、借りてきました！　急いでやっちゃいましょう」

「頑張ったね！　お手柄〜」

律はカギを受け取り、真那の頭をヨシヨシと撫でた。

「じゃあ志生君、結界よろしくー」

「はいはい。人遣い荒いんだから……」

ぼやきながら、志生は着物の袂に手を入れ、紙の束を取り出す。

「志生さん……結界、張るんですか？」

「邪魔されないようにね。僕も、これくらいはできるんだ」

志生は周囲を見回し、人目がないことを確認する。口中で呪文を唱え、紙の束にフッと息を吹き掛けた。紙を宙に投げ、拍手を一つ打つ。

宙に放たれた紙は意思を持ったように漂い、淡い光を放ち始めた。

「凄い……」

呟いた真那の肩に、律の手が乗る。

「あっちは志生君に任せておけば問題ない。真那ちゃんは、下駄箱の位置を教えて」

「……はい」

生徒昇降口のカギを開け、真那と律は中に入った。

下駄箱は、背中合わせに六つのブロックに分かれている。

向かって右から二番目のブロックが、一年生である真那のクラスに指定されている。

一列を七分割にして、上から四番目が真那の下駄箱だ。

「涼介の話によれば、真那ちゃんは下駄箱に手を入れたら、具合が悪くなったって？」

頷くと、律はカバンを下ろして腰を屈めた。

「どれ、じゃあ……見てみましょうかね」

下駄箱の中を覗く律の視線が、下駄箱の上部に向く。律は、形のいい眉をひそめた。

「なにか、ありました？」

不安になって問い掛ける真那に、真剣な表情を浮かべている律は呑気に答える。

「原因発見。真那ちゃんは、見ないでねー。それから、念のために少し下がっといてくれる？」

律の口調は軽いが、真那には「分かりました」という返事以外は許されないようだ。

無言のまま、一歩後退した。

律はカバンから手鏡を取り出し、下駄箱の中に差し入れる。

途端に、下駄箱の中から火花が散った。

とっさに真那は目をつむる。しばらくして恐る恐る目を開けると、律が水晶の数珠を手に巻き付けているところだった。

拳を握って感触を確かめ、呼吸を整え祭文を唱える。祭文を唱えながら刀印を結び、立てた人差し指と中指で宙になにかを描いていく。

真那は指の動きを目で辿るが、どんな物が描かれているのか、解読はできなかった。

不意に、真那の耳に、小さな羽音が聞こえてきた。羽虫だろうかと、耳の周りを手で払う。しかし、音はやまない。

神様からもらった御守りのペンダントトップが、淡く蒼い光を灯し、微かな振動を始めた。おもむろに耳を覆うと、羽音は耳の奥で聞こえているようだ。

不快な羽音は、徐々に音量を増していく。次第に羽音は音階を刻み、意思を持って言葉を紡いだ。

――憎い。

――佐々木真那が憎い。

――私のほうが、何倍も可愛いのに。

――奪ってやる。

——呪ってやる！

——痛めつけてやる。

——苦しめてやる。

——消えてしまえ！

どれだけ強く耳を押さえても、羽音は恨み言を紡ぎ続ける。気が狂いそうだ。

律は経文を唱え始め、カバンの中から透明な液体が入った瓶を取り出す。蓋を開け、数珠を巻いている右手の中指と薬指を浸して下駄箱の中に手を入れた。

また火花が散るのではと、真那は目を細める。

火花が散らなかった代わりに、紅い炎が二つ勢いよく飛び出した。

紅い炎は二手に分かれて律を避け、真那を目指して一直線に飛んで来る。

律は舌打ちし、手早く瓶の蓋を閉めると札を二枚取り出した。

逃げなければと思うのに、足が竦んで動けない。

（神様！　怖い、助けて！）

真那は、御守りを握り締めた。

刹那、神紋が眩いばかりの蒼白い光を放つ。

真那を包む蒼白い光と二つの紅い炎がぶつかり、閃光が迸った。

「我が御名に於いて縛する。急々如律令！」

ギャンッという、獣のような、甲高く短い悲鳴。

真那はゆっくりと目を開ける。しゃがんだ真那の足元に、貼られた札で動きを封じられ、痙攣している二匹の獣が横たわっていた。

コツリコツリと、律の歩み寄る靴音が響く。

横たわる二匹の獣の傍らで立ち止まると、地を這うような低い声で宣告した。

「こいつら、調教してやる……」

二匹の獣を一瞥し、律は座り込む真那の元へやって来る。腰を屈めると、呆然と律を見上げている真那の胸元に手を伸ばした。

真那が不安と緊張から身を固くすると、律は表情を和らげる。

「これが、真那ちゃんの御守り？」

律の指先が触れたのは、神様からもらった首飾りのペンダントトップ。

伯池神社の神紋は、まだ淡く蒼い光を宿している。

「九字に蛇の目、それに剣か……なるほどね。この御守りには、志生君が作る物も敵わないよ。なんたって、伯池の神お手製なんだから」

真那は、驚きに目を見開いた。

「律姐さんも、神様を知ってるんですか？」

「うん、志生君を介してね。伯池の神とは、何度も一緒に仕事をしてるの」

「……お祓いの？」

真那が尋ねると、そうだ、と律は頷く。

「律姐さんは、どうして分かったんですか？　この御守りが、神様がくれた物だって」

「分かるよ。波動が違うもの。世界に二つとない特別な御守りなんだから、大事にしなよ？」

真那の頭に手を置き、律は立ち上がる。真那も立ち上がり、律のあとに続いた。

律は痙攣しなくなった獣の元へ歩み寄り、一匹ずつ首根っこを掴む。犬のように口の長い獣の耳は丸味を帯び、尻尾はとても大きくてフサリとしていた。

「それは、なんていう動物ですか？」

「狐と犬と、狸を掛け合わせた感じね」

律は、両手に掴んだ獣を目の高さに掲げる。

「呪者は、遊び半分のつもりなんでしょうね。呪い自体は、とても稚拙。簡単な呪法をオリジナルに混ぜ合わせただけみたい。だけど、こもっている感情が……とても禍々しい。この獣は、その感情を具現化した式神ね。きっと、目的を達成するまで何度でも、真那ちゃんを襲うようにインプットされているんだわ」

真那の脳裏には、階段の裏で涼介と聞いた、美奈子と有紀の会話が思い起こされた。

――別れさせるためなら、なんだってする。

今朝、美奈子は、そう言っていた。

美奈子にとって呪いとは、非科学的で根拠のない遊びのようなものに違いない。だから、成功すればそれでよし。失敗しても、最初から期待していないのだから、気味悪がる真那を見て楽しめればいいというくらいの感覚だろう。

呪いを実行した犯人は、絶対に美奈子と有紀だ。真那の胸には、その確信がある。

「犯人捜しは、しちゃ駄目よ」

ビクリと肩を揺らし、真那は律を見る。律は、鋭い視線を向けていた。

「真那ちゃんがその相手を呪って、今みたいに退治される側になっちゃ、笑い事じゃ済まないからね」

妬みや憎しみを向けてきた相手を呪えば、自分も同類。

自分を呪った相手と同じになってしまっては、真那は神様に顔向けできない。

「……分かりました。ごめんなさい」

鋭かった視線を和らげ、律は目を細めた。

「大丈夫。因果応報って言葉があるでしょ？　因果はね、ちゃーんと巡るのよ」

下駄箱の下に置いているカバンに向かいながら、律は話し続ける。

「人を呪わば穴二つ掘れって言葉はね、呪った相手と同じ運命を自分が辿っても、文句は言うなって感じの意味なの。呪殺するなら、対象の人間が入る墓穴と、自分が入る墓穴を掘りなさい。呪詛には、それくらいの覚悟と信念が必要ってことなの。返し矢は、必ず当たる。破られた呪詛は、必ず呪者に返る。真那ちゃんを呪った相手は素人だから、呪いが返ってくるなんて、考えもしなかったでしょうね。興味本位でこんなふうに、呪詛に手を出すヤツがいるから……私や志生君の仕事が減らないのよ」

律は忌々しげにぼやきながら、二匹の獣をカバンに突っ込んだ。

「でもまぁ……この二匹は、有効活用させてもらうけどね」

真那を振り向き見て、律は申し訳なさそうに微笑む。

「これにて任務完了。だけど、真那ちゃんを危ない目に遭わせちゃった。ごめんね」

真那は、首を振った。

「そんなの、気にしてないです！　私……感謝してます」

律は腰に手を当て、歯を見せて笑う。

「お礼は、その御守りをくれた……神様に言ってあげな？」

真那は目の奥が熱くなる。

青白い光を消した御守りのペンダントトップを握り締めて頷いた。

「終わりましたか？」

志生が、外から顔を覗かせる。

「ちょっと前に終わったよ。呪った相手が今どうなってるか、責任持たないけどね～」

「では、急いで戻りましょう。人払いの結界も、そろそろ効果切れです」

　急いで生徒昇降口のカギを閉め、真那はホッと息を吐く。

　これで、終わった。

「私……カギ、返してきます」

「僕と律さんは、車で待ってるよ」

「行ってらっしゃい。真那ちゃん」

　志生と、投げキッスをした律に見送られ、真那は正面玄関を目指す。

　腕時計を確認すると、今の時刻は午後六時二十三分。呪いを解く祓いは、ほんの数分の出来事だった。

七

新たな週を迎えた、月曜日の朝。

真那は無人駅のベンチに腰掛け、雀が飛んでいく空を眺めていた。

土曜日の夜に、月曜日はボックス席に座ると実乃里にメッセージを送ってしまった自分の行動が、今さらながら悔やまれる。

ボックス席に座るということは、実乃里と雄大、涼介と同じ時間を共有するということだ。気まずい雰囲気になってしまわないか不安だ。

汽車の到着時刻が近付くにつれ、緊張は度合を増していく。緊張の原因を作ったのは自分なだけに、誰に八つ当たりをすることもできない。

深く長く息を吐くと、白い息は風に流れた。

カンカンと鳴り始めた踏切の音に、緊張がピークに達する。

踏切が下りると、線路の向こうにキャラクターが描かれている汽車が見え始めた。

ベンチから立ち上がると同時に、無人駅のホームに減速した汽車が滑り込む。

いつもは二両目に乗り込むが、今日は三両目のドアに手を掛ける。手動のドアを開けて中に入ると、窓際のボックス席に座る実乃里と雄大、涼介の姿を確認した。

深呼吸をして気合を入れ、三人の待つボックス席へ向かう。

雄大の隣に座る涼介は、イヤホンを外して真那に笑みを向けた。

「おはよ、真那」

「お……おはよう」

声が裏返らなくて、内心ホッとする。

「や～ん、初々し～ぃ」

「駄目だよササミ。恋人達の対面に水を差すようなこと言っちゃ！」

真那が座れるように席を立った実乃里と雄大は、野次馬のようにはやし立てる。

「やっぱり私、あっちに座る」

実乃里と雄大は、きびすを返そうとした真那を捕まえ、進行方向と同じ向きの窓際の席に押し込んだ。自分達も席に戻り、楽しげに笑い合う。

「だってなんかさぁ～付き合い始めのカップルって、初々しくて……見てると面白いよね」

「分かる！　どうやってからかってやろうかって、俺は常に考えてる」

「ノッチと笹鹿さんは、悪乗りするから真那にウザがられるんだよ」

「あ！　涼介の野郎、一人だけ優等生な発言しやがって」

首に腕を回された涼介は、雄大の脇腹をつついた。

「あっはァ〜っ！」

雄大は気色の悪い声を上げ、通路側に頭を向けて身を丸くする。

「ノッチも、脇腹が弱いんだよね」

「懲らしめるとき、私そこ攻撃してる」

笑顔で親指を立てた実乃里に、涼介も親指を立て、満足そうに二人は頷き合う。

真那はカバンを膝に置き、向かい側に座っている涼介の様子を観察した。

今の涼介は、無理をしているようには見えない。血の気がなくて青白かった顔色も、三日経った今日は健康的な色に戻っている。

真那の視線に、涼介は気付いた。

「どうかした？」

「もう……大丈夫なのかなぁと、思って」

涼介は制服の袖口をずらし、おずおずと聞いた真那に数珠を見せる。

「ほら、ちゃんと元の色に戻ったし、平気だよ」

白んだ空のように色の薄くなっていたラピスラズリは、暗く深い海のような瑠璃色に戻っていた。

「その石の……色って、大事なの？」

「色が薄くなるほど、ダメージが大きいんだ。色が元に戻ったっていうことは、心配ないって証拠だよ。それに律さんって、変態だけど凄腕の祈禱師だからね」

「そっか、よかった……」

安堵した真那は椅子の背に体を預け、流れる景色に目を向ける。長椅子の席とボックス席では、景色の見え方が少し違う。これはこれで、また違う楽しみだ。

「真那。忘れる前に、これ渡しとく。叔父さんが真那にって」

涼介はカバンの中から、手の平サイズの冊子を一冊取り出した。

真那は不思議に思いながら、涼介から冊子を受け取る。ページの端が日に焼けて、茶色くくすんでいる冊子のタイトルを確認した。

「ふるさとの、昔話……？」

「真那の知りたいことが書いてあるって、叔父さんが言ってたよ」

「私の、知りたいこと？」

目次を見ると、全部で二十五の項目に分けられていた。

付箋が貼ってあるページを開いてみると、黒の太字で昔話のタイトルが記してある。

隣から実乃里が覗き込み、タイトルを読み上げた。

「森の池の、大蛇退治……？」

真那は冊子から視線を移し、涼介を見る。

「ふるさとって、この地域のこと？」

「だと思うよ。叔父さんからは、真那に渡してって言われただけで、俺はなんの説明も聞いてないんだけど……」

「付箋が貼ってあるってことは、その大蛇退治がササッキーの知りたいこと？」

「分かんない。でも、志生さんが言うんなら、そうなんだと思う……」

タイトルを眺めていると、汽車の振動で文字が二重にも三重にも見えてきた。

真那は冊子を閉じ、ふーっと息を吐く。

「汽車の中で読んだら気持ち悪くなっちゃうから、またあとで見てみるね。いつ返したらいい？」

「急がなくていいと思うよ。叔父さん、なんも言わなかったし」

「分かった、ありがと」

カバンに冊子をしまうと、実乃里はニヤニヤしながら拳一つ分だけ身を寄せて来た。

「ところでさ、ナギ君が誰かに似てるって言ってたけど……誰だか分かったの？」

「えっ、ちょっ、なんで言うかな」

真那は慌てて実乃里の腕を摑む。実乃里は悪びれた様子もなくテヘッと舌先をペロリと出し、お茶目な顔をして笑いを誘おうとしている。

会話が一段落着いたところを見計らって、話題の提供をしたつもりなのだろうけど、言えるわけがない。

涼介と似ていた人物とは、伯池神社の神様なのだ。

神様は、誰の目にも等しく見える存在ではない。

実乃里だけならまだしも、雄大と涼介には、きっと嘲笑されて終わりだ。

だから、絶対に答えたくない。

けれど真那の希望とは反対に、雄大と涼介は実乃里の発言に興味を示す。

「涼介に似てるヤツ、いんの？」

「俺も初めて聞いた。誰？」

三人の視線が、真那に集中する。

真那は、視線から逃れるように窓の外を見て、素っ気なく言った。

「まだ、分かんない」

真那の肩に、実乃里の手がポンと置かれる。

「嘘はいけないよ、お嬢ちゃん。何年友達してきたと思ってんの？　嘘をつくとき、真那って目ぇ合わせないんだよ」

「ぐぅ……」

実乃里の言葉に真那は唸った。

答えないわけには、いかないようだ。

適当に答えてしまおうか。でも、その答えがのちのち尾を引いても困る。

（どうしよう……）

朝から、真那の思考回路はショート寸前だ。

考えることが面倒になり、正直に白状することにした。

「柳楽君と、伯池神社の神様が……ソックリだった」

しばし、汽車が線路を走る音しか聞こえなくなる。

ああ……やってしまったと、三人の反応が怖くて目を伏せた。

えー！　という、雄大の声に体が強張る。

「マジか！　お前神様の親戚かなんかかよ。伯池神社の神様って、こんな顔してんの？　マジでウケる！　同じ顔ならさ、涼介拝んだら御利益あるかな」

「ほーお。願い事叶えてほしけりゃ、賽銭よこせ！」

真那は、信じられないという気持ちで涼介と雄大を見た。

二人は真那の神様発言を否定せず、神様の存在を受け入れて、自然に会話を続けている。

予想外の展開に、言葉が出ない。

実乃里が、真那の肩に顎を乗せた。

「あのね。私の大事な親友のこと、馬鹿にする人は許せないからね。ナギ君とノッチ君には、真那が神様と友達だって……ノッチ君と付き合う前に、お話ししてたの」

真那はギョッとして実乃里に顔を向ける。実乃里は、顔の前で両手を合わせた。

「ごめんね！　勝手に言っちゃって……」

当事者ではない実乃里が、真那と神様が友達だという話をするのに、どれだけの勇気が要っただろう。

話を切り出すときの実乃里の心境を想像し、真那は胸の奥が熱くなった。

「私ね、ノッチ君が真那を馬鹿にする人だったら、ノッチ君と付き合ってなかったし……ナギ君が真那を馬鹿にする人だったら、いくらナギ君が真那のことを好きでも、私はナギ君と真那を彼氏彼女にしようなんて行動に移さなかった。だから、その……」

実乃里が言い淀むなんて珍しい。

真那は、不安と緊張に表情を硬くする実乃里の手を握った。

「ううん、ありがとう。凄く、緊張したんじゃない？　私、なにも知らなくて……」

「いいのよそれは！　私が勝手にしたことなんだから。っていうか、ナギ君に似てるんなら、神様って男前じゃない！　私ずっと、白髪の爺さんかと思ってた」

実乃里は笑顔を取り戻し、真那の二の腕を小突く。

「違うよ〜。神様は、お兄さんって感じなの〜」

真那も、実乃里の二の腕を小突き返す。

こんなやりとりが、とても楽しい。

実乃里が親友でよかったと、真那は心の底から思った。


教室に入り、真那は違和感を覚えた。

いつもの雰囲気と、どこか違っている。

実乃里も真那と同じ感覚を抱いているようで、戸惑いの表情を浮かべていた。

真那は、違和感の正体を探ろうと教室の中を観察する。

美奈子を始めとするメジャー系の女子達が一つのグループとなり、教室の後ろでたむろしている光景が、このクラスの日常だ。

今日は、教室の後ろに二つのグループが存在している。

実乃里は、教壇の前の席に座っている女子に声を掛けた。

「ねえ……今日、なんか変じゃない？」

メジャー系に属していないこの女子は、教室の後ろに目を向けてから、内緒話をするように頭を寄せる。

「さっき聞こえてきたんだけど……浅野さんと永代さん、今日お休みなんだって」

「そうなんだ。珍しいね……二人揃って、風邪かな？」

「分かんない。でも、なんか面白くない？」

実乃里と真那は、クラスメートが指差す教室の後ろに目を向ける。

改めて顔触れを見ると、いつも一つだったメジャー系グループの女子達が、二つに分裂していた。

「勢力図、分かるよね」

「なんか、面白い……」

それまでのトップがいなくなると、次が台頭して新たな派閥ができるという社会の縮図だ。

「教えてくれて、ありがと」

「うん。じゃあね」

礼を告げて、実乃里と真那はそれぞれ自分の席へ座る。

真那は早速カバンの中から、志生に薦められた冊子を取り出した。

やはり、付箋が貼ってある話を読んだらいい、という意味だろう。

時計を確認すると、ショートホームルームが始まるまで、まだ時間がある。

ページを開き、文字を目で追うことにした。

むかし森の池には、紅い目をした白く大きな蛇が住んでいました。

この大蛇が、池の主です。

日照りが続き、村人達が困っていると、池の主である大蛇が言いました。

「私を神として祀ってくれるなら、水と豊作を与えよう」

村の人は大いに感謝して、池のほとりに祠を建て、村一番の娘を大蛇に捧げました。

大蛇は、とても喜びました。

その日からこの村では、どんなに日照りが続いても、作物は実り、池の水は涸れたことがありません。そして池のほとりは、子供達の遊び場となりました。子供達の成長を見守ることが、大蛇の楽しみとなったのです。

ある日、大蛇は村の長に言いました。

「引き続き守護を望むなら、あなたの娘を捧げなさい」

大蛇は、村の長の娘がお気に入りでした。

大蛇が守らなければ、村は日照りのときに水が涸れ、作物は育たなくなってしまいます。

村の長は娘を差し出すだろうと、大蛇は娘が来る日を楽しみにしていました。

しかし、大蛇は捕まり、殺されてしまいました。

怒った大蛇は、まずは自分を殺した村人を呪うことにしたのです。

予鈴が鳴り、担任が教室に入って来る。

真那は読んだ位置に慌てて付箋を貼り直し、冊子を机の中にしまった。

出席簿を開きながら、担任はボールペンを取り出す。

「今日、永代は休むと連絡があった」

それから、と担任は少し声を張り上げる。

「浅野は、先週金曜の夜に緊急入院が決まったそうだ。どれくらい入院しているか、今のところハッキリ分からないらしい。だから見舞いには来なくていいと、親御さんから連絡があった。どうしても見舞いに行きたい者は、浅野の親御さんに相談してみてくれ」

教室内が、ざわめきに侵食されていく。

「ほらー黙って！　出席取るぞー」

「はいっ先生！　入院って……美奈ちゃん、なんの病気ですか？」

教室内から上がった質問に、クラスのざわめきは一気に静まる。質問したのは、メジャー系グループの中で、美奈子と有紀の次に発言力を持つ女子生徒だった。

注目を浴びる担任は、手にしたボールペンのヘッド部分でこめかみを掻く。

「先生も、詳しくは聞いてない。だから、話せない。以上！」

ざわめきではなく、今度はブーイングが教室内を埋め尽くす。

真那は、有紀と美奈子の席に目を向ける。

金曜日の夜は、下駄箱にかけられた呪いを解いた頃だ。

律に諌められた考えが、再び鎌首をもたげる。

騒ぎ始めた心臓を落ち着かせようと、真那は制服の上から、ペンダントトップにそっと触れた。


六限目終了のチャイムが鳴る。

数分して、教室の前のドアから涼介が姿を現した。

中に足を踏み入れた涼介は、怪訝な表情を浮かべながら真那の席へとやって来る。

「今日、なんかあった？」

「教室に入ったとき、取り囲まれなかったから拍子抜けしたでしょ？」

笑いながら問うと、狐につままれたような顔をしている涼介は頷いた。

涼介がいる真那の席まで移動して来た雄大が、声をひそめて説明する。

「浅野さんが入院、永代さんは体調不良でお休み。二人がいないと、残りのメジャー系女子達は、涼介シールドを張る度胸がないってことさ。いいね～平和で！」

「浅野さん、入院なの？　病気？　怪我？」

「詳しいことは、先生も分からないんだって。永代さんのほうはなにも聞いてないけど、浅野さんのほうは、見舞いに来なくていいって連絡があったって言うし……」

真那の一つ前の席に座る実乃里も、会話に加わった。

「でもあの子達、ナギ君に接触したいっていう欲求は相変わらずね。チラチラとコッチ見てる」

実乃里に倣って、真那も二分割されたメジャー系女子それぞれのグループを窺う。

たしかに、頭を突き合わせながら、真那達のほうを見て話していた。

「ちょっかい出されないから、真那とナギ君は安心なんじゃない？」

「そうだね。いつまで続くか分からないけど……この教室に来るたびに、囲まれないのは素直に嬉しい」

複雑な笑みを浮かべた涼介に、実乃里は「そりゃそうよ」と鼻息を荒くする。

「涼介は、ササッキー迎えに来たの？」

尋ねた雄大に、涼介は頷いた。

「ボックス席解禁になったから、一緒に帰るのも堂々解禁かな？　と思って」

どうかな？　と涼介は、真那を見る。

「……そうか、そういう考えもあるのね」

真那は頭を抱えて俯き、必死に考えを巡らせた。

今の真那には、一緒に帰ろうという、涼介からの誘いを断る理由がない。わざわざ迎えに来てくれたのに、理由もなく誘いを断って、このまま涼介を一人で帰すのは忍びない。

涼介の様子を窺うと、不安な表情を浮かべていた。潤んだ瞳の子犬を見たときのような愛おしさが、胸に込み上げてくる。

「そうだよね。よし、帰ろう！　帰りましょう、柳楽君。実乃里と野口君も一緒に帰るでしょ？」

カバンに手を置いた真那が期待を込めた眼差しを向けて問うと、実乃里と雄大は顔を見合わせた。

「俺達、寄るトコあるから二人で帰りなよ」

「そうよ。邪魔しちゃ悪いわ」

雄大と実乃里は、達成感のある晴れやかな笑みを浮かべていた。

最寄りの駅へ向かって、少し前を歩く涼介の背中を眺めながら、真那は悩んでいた。

涼介と二人で歩くとき、どれくらいの距離感で歩けばいいのだろう。涼介の隣を歩けばいいのか、今のように少し後ろを歩けばいいのか悩む。

友達同士なら、二人並んで歩けばいいと思う。実乃里や雄大のようなカップルなら、もちろん二人並んで歩けばいいと思う。

だけど今の真那と涼介は、どれくらいの間隔を保てばいいのか、判断がつかない。

涼介の隣を歩きたいという気持ちがないわけではないけれど、まだ早いような気もする。

近付きたいけど近付きたくないという矛盾する感情に、面白味を覚えた。これが、気になる人との距離を縮めたいという、恋する感情なのだろうと。

西日を背中から受け、真那と涼介の影は長く伸びている。

まずは影で並んで歩こうか、と真那は考えた。しかし、涼介と真那の身長差を考えると、真那が涼介より前を歩かなければ影は並ばない。涼介の前に出る、なにか正当な理由はないだろうか。

真那が考えを巡らせていると、涼介は歩みを止めた。真那に向き直り、頭を下げる。

「柳楽君？」

「真那、ごめんよ」

「……ごめん、って？」

真那の心臓が早鐘を打つ。なにが、ごめんなのだろう。

今、お試し期間の終了を涼介から告げられてしまうのだろうか。

「真那の下駄箱に呪いが施されてるって、俺がもっと早く気付いていれば、違う解決方法があったかもしれないのに……」

　呪いのほうか、と真那は安堵した。深刻な表情の涼介に、笑みを浮かべて尋ねる。

「柳楽君は、呪いも分かるの？」

「俺ね、叔父さんに体質が似てるから、叔父さんに修行してもらってるんだ」

「そっか……たしか志生さん、手段は教えていますって言ってたもんね」

「うん。普段なら、自分にも害がない方法を選ぶんだけど……今回は体が勝手に動いたから、応用が利かなかった。だから、真那に迷惑を掛けたのが悔やまれて……」

「そんなの、気にしなくていいのに。私のほうが、申し訳なく思ってたんだよ？　それに、あのときに気付いたんだから。柳楽君と、神様が似てるって」

　真那の笑顔を見た涼介の表情に影が差す。また、真那の胸に不安が芽生えた。

「ねえ、真那」

「……なに？」

　真那の声には不安と緊張が混ざり、涼介の視線は泳ぐ。

「その、お試し期間なんだけど……自分では、真那とだいぶいい感じの雰囲気になってると思ってたんだよね。だけど……」

　涼介は言葉を切り、真那を真剣な瞳に映す。真那は、緊張に身を強張らせた。

「真那が、もう一歩来てくれないのは……伯池神社の神様と、俺の顔が似てるから？」

それはないと、自信を持って答えられる。涼介が神様に似ていると分かる前から、少しずつ、涼介に魅かれていた自覚があるのだ。

今はあと一歩、あともう少し、背中を押してくれるきっかけが欲しい。それは、神様が出雲から帰って来たときに教えてくれる、涼介と真那の縁の有無だと思っていた。

縁がないと言われて、今芽生え始めている感情を捨て切れるかと問われれば返答に困る。縁がないと言われても、涼介を好きになってきている気持ちに、嘘偽りはない。

真那にとっては、このまま涼介との関係が終わってしまうほうが嫌だ。

今、正直な気持ちを伝えなければ、涼介が離れていってしまいそうで怖い。

真那は、慎重に言葉を選ぶ。

「柳楽君が神様と似ていることは、私にとっては些細なことで、関係ないの。でも……」

「でも？」

平静を装う涼介が、鸚鵡返しに問う。

真那は、涼介の黒い瞳をまっすぐ見つめた。

頬が熱く、耳も熱い。顔が赤くなっているだろう。だけど今、涼介から目を逸らしては駄目だ。

真那は、今ある勇気を振り絞った。

「もうちょっと、待って！　もう少ししたら、ちゃんとするから」

これが、今の真那の精一杯だ。

言葉の意味を考えあぐねたのか、短い沈黙ののち、涼介は口を開いた。

「それは、俺にとって……いい意味で捉えていいの？」

真那は、力強く頷く。

結婚するだとか、将来的な縁は分からない。だけど今、真那を好きだと言ってくれる涼介と、涼介に魅かれている自分に……縁はあると信じたい。

真那と涼介に縁があったと、出雲から戻った神様が言ってくれると信じたい。

安堵に表情を和らげた涼介が、真那の指先に触れた。

温かな涼介の手は、緊張する真那の手を優しく握る。

真那は、涼介の手を振り払う気にはなれず、緩く握り返した。

実際のところ、真那も涼介に触れていたいのだ。

涼介は、はにかんだ笑みを浮かべた。

「お試し期間が終わったら……柳楽君じゃなくて、下の名前で呼んで欲しいな」

「えっ、り、りょ……っ」

涼介と呼んでみようとしたけれど、まだ無理だ。恥ずかしさが勝ってしまう。

おずおずと、真那は上目遣いに涼介の顔色を窺う。涼介は、ニコニコと楽しそうな笑みを浮かべていた。

　真那の顔が熱くなる。

　顔を隠すように片手で覆うと、涼介と繋がっている手をギュッと握り締めた。

「……もう少し、待ってて」

「やった！　楽しみにしとく」

　長く伸びている影も、手と手が繋がっている。

　嬉しそうに微笑んだ涼介の顔は、やはり、髪を黒くした神様だった。

八

玄関先に自転車を置いた真那は、道の先に建つ石造りの鳥居に目を向けた。

鳥居の陰に、佇む人影がある。

しばらく様子を観察していたけれど、人影は神社に入る様子がない。

誰かと、待ち合わせでもしているのかもしれない。それともなにか、他の用事があるのだろうか。野次馬心を閉じ込め、家に入ると玄関のドアを閉めた。

部屋に入って制服から着物に着替え、早速カバンの中から志生に薦められた冊子を取り出す。

真那はベッドに腰掛け、付箋を貼っている読み掛けのページを開いた。


大蛇が呪うと、村に異変が起きました。

池の水の色が変わり、池は涸れ果ててしまったのです。

村の人達が困っていると、一人の修験者がやって来ました。

その修験者は、天狗が住む山で、天狗と一緒に長い年月修行をしています。

優秀な法術の使い手だった修験者は、大蛇が呪っていると見抜いてしまいました。

修験者に襲い掛かった大蛇でしたが、瞬く間に退治され、修験者の中に封印されてしまいます。そして大蛇を封印した修験者の姿は、忽然と消えてしまいました。

大蛇から村を救ってくれた修験者と、今まで村を守ってくれていた大蛇を村の守り神として、村人達は社を建てて祀っていくことにしたのです。


真那は勢いよく冊子を閉じ、ベッドから飛び降りると、階段を駆け下りた。

「お母さん！　神社行ってくる」

母からの返事を背中で聞き、草履を履いて家を飛び出す。

神社までの道を走りながら、真那の中で、いくつものピースが繋がっていった。

伯池神社の奥宮である大きな池。今も池のほとりにある、池の主を祀る祠。建立された伯池神社。ところどころ鱗に覆われ、光に反射する神様の白い肌。神紋の意味を聞いたときの、守っているという神様の答え。修験者だった、神様。

志生に薦められた冊子を読むまで、どうして思い至らなかったのだろう。

真那は伯父から特別に、伯池神社の縁起絵巻を一度だけ見せてもらったことがある。

水彩絵の具のような淡い色彩で描かれた縁起絵巻は、物語になぞらえた絵本のようだった。

着物を着た髪の長い女の人と、行者姿の髪の長い男の人。頭を刎ねられた、紅い目をしている白い大蛇が描かれていたように思う。

(神様は知られたくないかもしれないけれど、私は知りたい)

神様が神様になった理由と、神様が愛おしそうに名を囁いた、サヨという名の人物のことを。

鳥居の前には、まだ人が立っていた。

目深に帽子を被り、上下はジャージ。顔には大きめのマスクをつけてサングラスをかけ、首にはマフラー、手には手袋。肌の露出している場所は、ほとんどない。完全防備だ。

目を合わせないよう下を向きながら、真那は鳥居の正面に立ち、サッと会釈する。

左足を踏み出すと、聞いたことのある声が真那を呼び止めた。

「……永代さん？」

訝しんで名前を口にすると、完全防備の有紀は頷いた。

「どうしたの？　今日、学校お休みだったよね。家で寝てなくていいの？」

「家で寝てても、どうにもならない……」

真那は首を傾げる。

「病院に行っても、どうにもならないの！」

声を荒らげた有紀は、左手にしていた手袋を外した。

真那は、小さな悲鳴を上げる。

有紀はサングラスをずらし、真那を睨み付けた。

「神様がどうのって言ってたでしょ？　これ、その神様に頼んでどうにかしてよ！」

有紀の手は、狐色の毛に覆われ、黒い爪が鋭く尖っていた。有紀は真那に詰め寄り、変化した手を真那の顔前に突きつける。

「ねえ、ほら、早く、どうにかしてよ！」

黒光りする五本の爪が目前に迫り、真那は後退した。

「どうにかって、そんな……私、分からない」

「役立たず！　伯父さん神主なんでしょ？　お祓いでもなんでも、手段あるじゃん」

「でも……」

明らかに、伯父の領分ではない。これは、律の領分だ。でも真那は、律の連絡先を知らない。

「そうだ……柳楽君なら」

スマートフォンを取り出し、アドレス帳から、登録したばかりの涼介を呼び出す。

緊急を要する事態だ。こんなときは電話だろう。発信をタップして、スマートフォンを耳に当てた。繋がるまでの数秒が、数分、数時間に感じてしまう。

真那は涼介に、自分の連絡先を教えていなかったことを後悔した。涼介のスマートフォンのディスプレイには、知らない番号が表示されているはずだ。

電話に出てくれるだろうか。

「はい……もしもし?」

警戒心を抱いた、涼介の声。真那は焦りを含んだ声で、涼介に呼び掛けた。

「柳楽君! 私、真那です」

「真那? どうしたの? なんかあった?」

真那の焦る声で、涼介は緊急事態であることを察知してくれたようだ。

「伯池神社に、永代さんが来てるんだけど……変なの」

「永代さん? 変って、どんなふうに?」

真那は、有紀をチラリと見た。

「手が、犬や猫みたいな……動物の毛で覆われてる」

「動物の毛? なんで、そんなことに」

「律さんなら、どうにかできると思ったけど、連絡先知らないし……柳楽君しか」

「分かった。叔父さん連れて行くから、待ってて」

「ありがとう! 神社で待ってるね」

「了解。着いたら、電話入れる」

礼を告げて電話を切ると、電話のやり取りを聞いていた有紀に端的に説明する。

「柳楽君が叔父さん連れて来てくれるから、到着するまで待っててって」

祈るようにスマートフォンを握り締める真那に、有紀は詰め寄る。

「なんで？　どうしてナギ君を呼ぶ必要があるの？　こんな姿、ナギ君に見られたくないって、どうして分からないの？　佐々木さん、本当に考えが足りないよね！」

「どうにかして欲しいんでしょ？　だったら、文句言わないで！」

真那の剣幕に押され、有紀は口をつぐむ。

「……分かったわよ」

聞こえるか聞こえないかの声で、ぶっきら棒に答えた有紀は、左手に手袋をした。

有紀と離れた位置で石段に腰掛けていると、神社の駐車場に入って行く一台のワンボックスカーを見付けた。

見覚えのある車に立ち上がると、スマートフォンが涼介からの着信を知らせた。

「真那、今どこにいる？」

真那は離れた位置に座っていた有紀に仕草で合図し、石段を駆け下りる。

「車が入って来るの見えたから、駐車場に向かおうとしてる。そうだ、社務所の玄関はカギが閉まってたから、ウチの伯父さんと伯母さんいないみたい」

「分かった。叔父さんに伝えとく」

真那は電話を切ると、車から降りる涼介と志生の姿を確認した。

「永代さん、こっち」

有紀を伴い、真那は涼介と志生の元へ向かう。

涼介は私服に着替えていて、志生は相変わらず着流しに羽織をまとっていた。

「柳楽君！ 志生さん！」

真那の声が届いたようで、二人揃って顔を向ける。

微笑を浮かべる志生には、微塵も慌てた様子がない。安心感も手伝って、真那はやっと落ち着きを取り戻し始めた。

「自分で着たんですか？ 真那さん、着物がよくお似合いですね」

「ホントだ。真那、可愛い」

「ど……どうもです」

褒められた真那は、頬が紅潮しそうだ。だが有紀がいる手前、それは避けたい。

「それで、その子が永代さん？」

志生に尋ねられ、真那は、自分の後ろに隠れるように立っていた有紀を前に押し出した。有紀は下を向いたまま、顔を上げようともしない。

「永代さん。帽子、脱いでくれませんか？」

有紀は涼介を気にしながら、おずおずと帽子を脱ぐ。黒かった有紀の髪は、真那に見せた手の色と同じ毛色に変わっていた。

ふむ、と志生は頷く。

「マスクとサングラスも、取ってくれるかな」

有紀は、頭を横に振った。

「永代さん……」

涼介に促され、有紀はしぶしぶ、マスクとサングラスを外す。

現れた有紀の顔は、産毛よりも長くて太い毛で覆われていた。

有紀の手を埋め尽くしている毛色と、同じ色。マフラーの下から覗く首にも、その毛は広がっているようだ。全身が動物のような毛で覆われているのかもしれない。

志生はなにか合点がいったのか、なるほどね、と呟いた。

「真那さんを呪ったのは、君だね」

志生に断言され、目を見張った有紀は息を呑む。

そして志生は、有紀を睨むように、わずかに目を細めた。

「それと、もう一人いるね」

揺れる有紀の瞳が、志生の言葉が事実であると伝えている。

「呪った動機は、喋らなくていいよ。呪いを返した祈禱師から、詳細を聞いている」

呪いを返した祈禱師とは、律のことだろう。真那には詳しい内容を教えてくれなかったが、志生にはちゃんと報告がいっているらしい。

「永代さん。君は……自分の頭上に唾を飛ばすと、どこに落ちると思いますか？」

真那は、感情のこもらない志生の声を初めて聞いた。

いつも穏やかで、耳に心地よく届いている志生の声音が、ひどく冷たい。

蚊の鳴くような声で、有紀はポツリと呟く。

「逃げなかったら、自分に落ちてくる」

有紀の返答を聞き、志生は冷淡な笑みを浮かべた。

「呪いもね、原理は一緒ですよ」

では質問を変えましょう、と志生は言う。

「どんな気持ちで、真那さんを呪いました？」

「そんなのっ……！」

「言えませんよね？　言わなくて結構。しかし、呪いが返るということは、そのときの感情が自分に向けて戻って来たということです」

有紀は、その場にへたり込んだ。

「いっ、嫌だ！　出来心だったの！　本当に効果あったら面白いよね、どうなるのかなって、美奈ちゃんと冗談のつもりでやっただけなのに。こんなの……全然、全然本気じゃなかった！　だいたい、ネットに書いてあるとおりにして……効果があるなんて、普通思わないでしょ？」

「呪いなんてモノはね……呪った主の気持ちが強くこもり、それを助ける存在がいれば、どんなに稚拙でも効果を発揮するんですよ。君達は遊びのつもりかもしれないけど、呪いは好奇心や遊び心で扱っていい代物じゃない」

志生は袖の袂から、切り抜かれた紙の人形を取り出した。

「呪いっていうのはね、おとぎ話の中だけの絵空事じゃない。呪術を生業としている僕みたいな類の人間には、呪いを実行すること自体、殺人を実行するのと同じなんですよ」

蒼褪める有紀の前で、志生は紙の人形を握り締め、クシャクシャにする。

「呪いは人を殺せる。だから、安易に手を出しちゃいけない。遥か昔から横行している呪殺という手段は、方法を知っている者にとって、令和の時代でも変わらずに有効なんです」

有紀は、震える声を絞り出した。

「なんで……どうして、こんなことになっちゃったの？」

有紀は涙の浮かんだ目で、後ろに立っていた真那を睨む。

「全部、佐々木さんの神社に行ってからだ。絵馬なんか、書かなきゃよかった。この神社の神様なんて、ただの疫病神よ！」

真那は初めて、怒りで体が震えた。

神様を疫病神呼ばわりした有紀が、腹の底から憎い。

有紀が、許せない。

肩に生じた温もりに、真那は意識を引き戻す。肩に手を置いたのは、涼介だった。

涼介の目が訴えている。真那が、有紀と同じになってはいけない、と。

悔しさに涙が浮かんでくる。

涼介は真那の手を握って背後に庇うと、有紀に向き直った。

「伯池神社の神様は、なにも悪くない。俺は……呪いという手段に手を出した、永代さんと浅野さんが、よくないと思う」

「違うよナギ君！　私……やってない」

取り繕う有紀の声は、上擦った。

「でも、聞こえたんだ。俺と真那を別れさせるためなら、なんだってする……って」

毛に覆われている、有紀の顔が歪む。

「う〜う」

唸りながら、有紀は泣いた。毛に覆われた手で、何度も地面を打ち付ける。

真那は、ただ黙って有紀を眺めていた。

呪いが返って、有紀がこんな姿になってしまったというのなら、美奈子のほうはいったいどうなっているのだろう。愛らしい顔立ちをしている美奈子も、有紀のように、全身を毛で覆われているのだろうか。

志生が、いつもの声音で真那を呼んだ。

「涼介から聞いたんですが、浅野さんという方は、入院されたそうだね」

「今朝、担任から……そう言われました」

志生は顎を擦り、眉根を寄せる。

「恐らくですが……浅野さんの入院は、かなり長引くと思いますよ」

「どうして、そんなことが分かるの？」

震える声で、有紀が尋ねた。

「呪いが返ると、正常な精神状態ではなくなる人も多くいます。正常な精神状態ではないと診断された方が入る病棟は……高校生の君達でも、想像に難くないでしょ？」

地面にうずくまったまま呆然とする有紀に、志生は問い掛けた。

「あなたは、どうするつもりですか？」

「……どうするって」

有紀の声には、トゲがある。志生は、変わらぬ口調で続けた。

「病気は医者が専門ですが、霊障は僕みたいなのが専門です。獣のようになってしまったその症状を……どこで治してもらうつもりです？　皮膚科にでも、行きますか？」

「だから、どうにかしてって……佐々木さんに言ったんじゃない！」

「それで呼ばれたのが、僕です」

　志生は懐から名刺ケースを取り出し、有紀に名刺を一枚手渡す。

「霊障による悩み相談、お祓いの斡旋仲介業を行っています。あなたのようなケースは、通常なら紹介料と祈禱料とを合わせて、十万円以上請求するところですが……高校生であり、涼介と真那さんのお知り合いということで、特別に五万円で手を打ちましょう」

「五万？　そんなお金、払えるわけないよ！」

　志生は眼鏡の向こうの目を細める。

「本来は、十万以上必要なところを約半分にまけてさしあげたんです。特別大特価ですよ？　自分で払えないというのでしたら、ご両親と相談なさってください。分割にも対応しています」

「ボッタクリだ！　効果があるのかないのか分からないものに、お金なんか払えない。警察に、被害届出してやる！」

　有紀が叫ぶと、志生は楽しそうに笑った。

「面白いことを言いますね。効果があるのかないのか分からない呪いに手を出して、あなたはその様(ザマ)だ」

志生は、笑みを消した。

「僕はね、ビジネスの提案をしているだけです。医者には治療代を、エステや整体には施術料金を支払うでしょ？　それと同じです。このビジネスの提案を受けるか受けないかは、あなたの自由。強制するつもりはありません。僕の提案を受けるというのであれば、これだけの金額で、というだけの話です。嫌なら、いくらでも他を当たってください」

有紀は、名刺を睨む。

「永代有紀さん……あなたは、自分の身で体験しているではないですか。令和の世でも、呪いは有効です。そして呪い同様、令和の世においても、お祓いは有効なんですよ。ウチの得意先の祈禱師は、腕利き揃いです」

ご連絡お待ちしております、と志生は、丁寧にお辞儀する。

有紀は毛に覆われた手の中にある、もらったばかりの名刺をクシャリと握り締めた。

九

期末テスト最後の科目終了を告げるチャイムが鳴る。十一月末から十二月初めにかけて、土日を挟んで五日間設けられたテスト期間。

午後からの授業はなく、あとは下校するだけだ。

真那はシャープペンシルを机に転がし、数学の答案用紙を眺める。基礎問題は埋められたけれど、応用問題は、ほぼ空欄だ。解答を導き出せなかった書きかけの公式だけが、奮闘を示す唯一の痕跡だった。

「後ろから、答案用紙を回収してください」

監視担当の教員の号令で、一番後ろに座る生徒が答案用紙を回収していく。

真那も答案用紙を渡し、大きく伸びをして机に突っ伏した。

「あ~もう、撃沈……」

平均点は取れないだろう。

落ち込んでいると、頭をつつかれ顔を上げる。目の前に、実乃里が立っていた。

「席、戻ろ」

一学期に一回、生徒の要望で席替えをする真那のクラスでは、出席番号順に座り直してテストを受ける。問題用紙と筆記用具を持って、窓際から二列目の席へ移動した。

「あ～っもう、なにも覚えたくない……」

再び、自分の机に突っ伏す。前の席に座った実乃里は苦笑いを浮かべた。

「計画的に勉強すればいいのに……毎回、テスト前に詰め込むから」

「だって……テスト期間に入ると、無性に部屋の掃除がしたくなるんだもん」

真那が机に顎を置いたまま反論すると、実乃里は呆れて頬杖を突いた。

「真那って、授業は駄目駄目だね～」

「ホントだよ～好きなことはすぐに覚えられるのに。読解力や論理立てて考えるとか、大事なのは分かってるんだけど……どうにも、拒否反応が起きちゃう」

溜め息をつくと、雄大が椅子を寄せてきた。

「ササッキーさ、神様に、勉強できるようにしてくださいって、お願いしたら？」

「高校受験のときに泣き付いたことあるんだけど、努力を怠る神頼みは受け付けないって、神様に拒否された……」

雄大はポカンと口を開け、目を円くした。

「神様って、拒否ったりするの？」

「怠惰なお願いだったら、ウチの神様は聞き入れてくれないの」

マジか〜と、雄大は天井を仰ぐ。

「ササッキーんトコの神様、手厳しいなぁ〜」

「義務と権利だって。願いを叶える権利を主張するなら、努力する義務を怠るなっていう」

「真那の話聞いてて、私いっつも思うんだけど……真那の神社の神様って、結構シビアだよね。神様って、みんなそうなの？」

「私達と一緒。神様の性質や、持ち合わせてる性格で、いろいろだよ」

真那達が話していると、焦った様子の涼介が教室に入って来る。

雄大が、しみじみと言った。

「浅野さんが入院してから、涼介探知機が機能しないって、なんか不便じゃね？」

涼介探知機とは、涼介が教室にやって来るたびに上がっていた黄色い声のことだ。

実乃里は折り畳んだ問題用紙の角で、真那の手の甲をつつきながら言う。

「うるさくなくていいわよ。ね、真那ちゃん」

「そっか、ササッキーはヤキモチ焼かなくていいもんな」

真那が眉をひそめると、実乃里と雄大は顔を見合わせて笑う。真那達の席へ辿り着いた涼介は、雄大の首を両手で軽く摑んだ。

「なんだ？　来て早々、物騒な」

「真那のこと、からかってたろ？」

なんのこと？　と、雄大は惚ける。

首から手を離した涼介は、そんな雄大の両脇腹を攻撃した。椅子から崩れ落ちた雄大に、実乃里は腹を抱えて笑う。悪人を成敗した侍のような顔をした涼介は、真那に向き直った。

「お昼だけど、叔父さんの家で一緒に食べない？　律さんが、真那に会いたがってるんだって」

「行く！　私も、律姐さんに会いたい」

真那が両手を上げて喜ぶと、涼介は複雑な笑みを浮かべた。

「いつもの場所で叔父さんが待ってるから、用意ができたら一緒に行こう」

あとでね、と涼介が教室から出て行くと、実乃里と雄大が真那に頭を寄せる。

「ちょっと、アンタ達、前よりいい感じじゃない！」

「もう涼介とチューした？」

「し、してない」

否定した声が裏返る。首から耳まで熱いから、きっと顔は真っ赤だ。

「ノッチ君！　こうなったら、もうひと作戦計画するよ」

「よし、恋人達のクリスマス大作戦だ！」

やる気に燃える二人をそのままに、真那は帰り支度を始めた。

教室の後ろに設置されているロッカーに向かう途中、有紀の姿が目に入る。

獣から人間の姿に戻った有紀は、グループの女子達と談笑している最中だ。

そして十二月に入っても、美奈子は入院したままだった。


真那と涼介を乗せたワンボックスカーが、志生の家の駐車スペースに入る。玄関前には、仁王立ちした律が待ち構えていた。

「女王様がお出迎えですね」

志生はシートベルトを外しながら、疲れた笑みを浮かべている。

後部座席の窓から玄関のほうを見ると、律は車に向かって歩き始めた。

律の歩き姿は、モデルみたいに姿勢がいい。ドレスを着ていたら、本当にどこかの国のお姫様みたいだ。

真那が後部座席から降りると、車まで歩いて来ていた律に抱きすくめられる。

「真那ちゃーん！　会いたかったよ～」

コートを着ている上からでも分かる律の柔らかさに、真那の頬は紅潮した。

「ちょっと律さん、真那に触るの禁止！」

涼介は慌てて車から降り、真那にギュッと抱き付いて離れようとしない律を無理やり引き剝がす。真那を背後に隠し、涼介は律を威嚇した。

律は腰に手を当て、不満を露わに綺麗な顔をしかめる。

「なによ！　抱き付くくらい、いいじゃない。そっから先に進むわけじゃなし」

「律さん！」

顔を赤くした涼介が喚くと、律は楽しそうに笑った。

「いつまで外で騒ぐつもりです？　寒いの苦手なんで、僕は家に入りますよ」

運転席から降りて車のドアをロックした志生は、口早に宣言して一直線に玄関を目指す。

雪は降らないにしろ、たしかに風は冷たくて、真那の鼻の頭は冷たくなっている。

「中に入ろうか？」

涼介の言葉に、真那は頷いた。

井戸が見える客間へ案内された真那は、部屋の温かさに心が和んだ。

座卓はコタツに姿を変え、部屋の隅に置かれたファンヒーターが威力を発揮している。床には水墨山水画が飾られ、蠟梅が活けられた信楽焼の鶴首の花入れが、木地の薄板の上に置かれていた。

コタツの上には、注連縄が掛けられた桐箱が一つ置かれている。

不思議に思って眺めていると、真那は律に手を引かれた。

律は小さく歌を口ずさみ、上機嫌だ。真那を座らせ、隣に自分も腰を下ろす。

律は桐箱を引き寄せ、部屋に足を踏み入れたばかりの涼介を呼んだ。

「涼介～突っ立ってないで、飲み物！」

「もう僕が用意しましたよ」

涼介の背後から現れた志生が手にする盆からは、湯気の立つ白いカップが四つ。

「さすが志生君！　気が利いてる～」

「どうぞ。珍しく、律さんが差し入れてくれた柚子湯です」

志生は真那の前にコースターを置き、カップとスプーンを乗せる。湯気と共に漂う柚子の香りが、真那の鼻をくすぐった。

「おいしそう……」

「どうぞー真那ちゃん。召し上がれ」

「わ～い！　いただきます」

熱いカップをそっと持ち上げ、スプーンで掻き混ぜながら息を吹き掛ける。湯気が散り、カップの中を泳ぐ、細く刻まれた柚子の皮が見えた。

舌を火傷しないように気を付けて、柚子湯を口内に流し込む。柚子の香りが、口の中いっぱいに広がった。

「おいし～」

破顔した真那を見て、涼介が笑う。

「相変わらず、おいしそうな顔するよね」

スプーンですくった柚子の皮を食べていた真那は、涼介に手の平を見せた。

「拝見料、徴収します！」

「じゃあこれ、私の拝見料！」

満面の笑みを浮かべた律が、真那の手の平に桐箱を乗せた。

「なんですか？　これ」

カップをコースターの上に置き、真那は両手で桐箱を持ち直す。

柚子の香りと、桐の香りが混ざり合った。

「どうぞ真那ちゃん、開けてみて」

律に促され、桐箱を自分の正面に置いて蓋に手を添える。蓋をスライドさせると、中から勢いよく二つの物体が飛び出した。

二つの物体は目にも留まらぬ速さで壁を走り、そのままの勢いで天井を走る。

トテテカリカリという、耳で拾った足音を目で追うけれど、一向にその姿は捉えられない。

微笑を浮かべる律が指を鳴らすと、二つの物体は、たちまちに桐箱の横に整列した。

真那は、目を円くする。

「律姐さん、これ……」

二つの物体の正体は、犬のように長い口をした、耳が狸のように丸く、尻尾が狐のようにフサリとしたあの獣だった。

律は、茶目っ気たっぷりな笑みを浮かべる。

「あのときの式神。システム書き換えて、飼い馴らしちゃった」

真那は、状況を掴みきれない。

柚子湯を飲んでいた志生が、穏やかな口調で簡潔な説明を付け加えた。

「この二匹に、もう害はないということです。見てのとおり、二匹は律さんに従順でしょ?」

律は自慢げに、豊満な胸を張る。

「しかもね！　私や志生君、涼介みたいなタイプの人間にしか見えないのよ。だから、どこに連れて行っても大丈夫。っていうか、勝手について来ちゃうんだけどね」

真那は改めて、二匹をまじまじと観察した。

今の二匹からは、あのときのような恐ろしさが微塵も感じられない。

二匹共、愛らしいぬいぐるみのような、どんぐり眼(まなこ)をしていた。

　鼻は小刻みにピスピスと動き、耳もあらゆる方向の音を拾うように動いている。フサリとした尻尾は、とても手触りがよさそうだ。

　二匹の違いは、右の耳の毛色が焦げ茶か、左の耳の毛色が焦げ茶かといった部分のみ。とても可愛い。

「この子達に、名前はあるんですか？」

「名前はね、今から真那ちゃんが付けるのよ」

　真那は耳を疑った。頬杖を突いた律は、笑みを深める。

「だって私、真那ちゃんにあげようと思って二匹を改心させたんだもの。私が名前を付けたら意味がないわ」

「律さんの言うとおりです。式神は、名前を付けた人のモノになりますから」

　突然名前と言われても、とっさに思い浮かばない。一匹だけでも悩むのに、同時に二匹分を考えなければならないとは……。

　それでもなにか、対になっている名前がいいなと思う。

「アイとカキ、アンとノン、イチと……ニ？」

　真那が真剣に悩んでいると、涼介の明るい声が志生を呼んだ。

「狛犬とか仁王って、阿吽(あうん)って言うよね？」

　阿吽の呼吸という言葉は、仁王像からきていたっけ、と真那は授業で習った内容を思い出す。

「そうだけど……それが、どうした？」

怪訝な表情を浮かべる志生を尻目に、涼介は名案だと言わんばかりに提案する。

「アーちゃんとウンちゃん、なんてのは？」

律と志生は、残念な存在を見るような眼差しを涼介に向けた。

「涼介……アンタ、ネーミングセンスなかったのね」

「涼介、お前ちょっと黙ってなさい」

「え〜？　なんで？　いいじゃん！　可愛いじゃん。真那は？　真那も気に入らない？」

不満気な涼介は、真那に意見を求める。

実際のところ、真那が浮かべていた名前案も涼介と大差ない。ネーミングセンスのなさは、真那と涼介ではドングリの背比べだ。だから真那よりも、二匹が気に入るかどうかが重要だと思う。試しに、涼介が提案した名を呼んでみることにした。

「アーちゃん？」

呼び掛けると、前足を舐めていた右耳が焦げ茶のほうが、真那の顔を見て尻尾をひと振りした。

「じゃあ……ウンちゃん？」

丸まって尻尾に顔を埋めていた左耳が焦げ茶のほうが、耳をピクピクさせた。

「アーちゃん！」

右耳が焦げ茶のほうが、真那に近付いて来る。

「ウンちゃん……？」

埋めていた尻尾から顔を上げ、左耳が焦げ茶のほうも真那の顔を見上げる。

「アーちゃんとウンちゃんでいいみたい……です」

「マジか！」

「言い出しっぺのアンタが驚いてどうすんのよ！」

「まあ、この子達がいいんなら、それでいいでしょうけど……」

ないよな、と志生の唇が動いたのを真那は見逃さなかった。

アーとウンは、並んで真那の顔を見上げている。真那も、アーとウンのどんぐり眼を覗き込んだ。

「よろしくね。アーちゃん、ウンちゃん」

二匹は尻尾を振り、短くキキッと鳴いて返事をする。二匹に触れてみると、毛はとても柔らかかった。

アーとウンは、上手にバランスを取って真那の肩と頭に乗っている。

二匹は、高いところが好きなのかもしれない。

肩と頭に重さは感じないけれど、どうしても意識を向けてしまう。

小さな子供を肩車しているような錯覚を覚え、二匹に愛おしさを感じ始めていた。

涼介と一緒に志生の家で昼飯を食べ、律の車で駅まで送ってもらった真那は、腕に抱えていたカバンを自転車のカゴに入れた。

肩と頭に乗っていたアーとウンは、申し合わせたようにカバンの上へ飛び乗る。

「そこでいいの？」

問うと、ウンは尻尾をひと振りし、アーは真那を見上げて鼻をピクピクさせた。

「じゃあ、行っくよー」

ペダルを踏む足に力を込めると、まるで遠くを望むように、前足を上げたアーとウンの首が心持ち長く伸びる。亀が首を伸ばすようだと、少し可笑しかった。

自転車を漕いでいると、二匹の柔らかな毛が風を受けてなびく。目を細めるアーとウンは、とても気持ちがよさそうだ。

コンビニエンスストアを通り過ぎ、住宅街を抜けて、自転車は橋を渡る。重たい稲穂で頭を垂らしていた黄金色は刈り取られ、一面土の色が広がっていた。田園風景の中に造られた幅の広い二車線道路をまっすぐ進み、県道と繋がる交差点を渡る。

真那の目に、伯池神社の鎮守の森が見えてきた。

家に着いて自転車を停めると、アーとウンは自転車のカゴから飛び降り、真那の足元に整列する。玄関のドアを開けると、二匹は鼻をピクピクさせた。

「ただいまー」

「お〜か〜え〜り〜」

台所から、父と母の間延びした声が答える。

階段を駆け上がると、テテテッという可愛らしい足音が続く。部屋のドアを開けると、二匹はまた、入り口で鼻をピクピクさせた。

机にカバンを置き、制服を脱ぐ。衣紋掛けに掛けていた長襦袢を着て、袷の紬に袖を通す。半幅帯に帯締めをして、制服をハンガーに掛けると、スマートフォンを手にして急いで部屋を飛び出した。アーとウンも、真那に続いて部屋を出る。

台所で昼食の食器を片付けている母の背中と、換気扇の下でタバコの煙をくゆらせている父に、真那は宣言した。

「テスト終わったから、神様のところ行ってくる！」

神様に会うのは、約ひと月振りだ。

「そう言えば、何日か前に神さん迎える神事を兄貴がしてたな」

「真那、神様によろしくね」

元気よく返事をして、草履を履いて玄関を開ける。真那の足元に、じゃれる猫のようにまとわり付いていたアーとウンは肩によじ登ってきた。

石造りの鳥居の前で会釈をし、左足を踏み出して俗世と聖域の境界を越える。手水舎で手と口を浄めて参道を進み、社務所に顔を出すと、伯父が一人で事務作業をしていた。

「伯父さーん！　テスト終わったから、神様のところ行ってくる！」

「お、もう解禁か。って、あれ？　真那、肩……どうした？」

伯父は不思議そうな表情を浮かべて、アーとウンが乗っている真那の肩を凝視する。

伯父にも、アーとウンの姿が見えるのだろうか。

真那が緊張していると、伯父は眉を寄せて首を捻った。

「……気のせいかな？　ごめん、今のなし」

伯父には、アーとウンの姿が、ハッキリとは見えていないらしい。なんと説明しようか、頭の中で考えを巡らせていた真那は、胸中でホッと安堵の息を吐いた。

「じゃ、行ってくるね」

「はーい、行ってらっしゃい！」

社務所をあとにし、賽銭箱の三歩手前で立ち止まる。アーとウンは、真那の肩から降りて足元に並んだ。

人がいないことを確認して、軽く会釈をすると本坪鈴を強く鳴らす。周囲には、にわかに霧が立ち込め始めた。深く二回礼をして拍手を一つ打つ。周囲の景色が歪み、霧が一層濃くなる。もう一つ拍手を打つ。霧が凝縮され、周囲は色彩を帯び、神紋が彫られた白木の門が眼前に現れた。

二匹の様子を窺えば、案の定、鼻をピクピクさせている。

唇に笑みを浮かべた真那が白木の門をくぐると、アーとウンも神様の屋敷の敷居をまたいだ。

廊下を渡った先に広がるのは、広々とした板敷の空間。

出雲へ出立する前のように、冊子や巻物は散乱していない。

真那がテスト期間の間に出雲から帰っていた神様は、徳利とお猪口を乗せた盆を傍らに置き、腕を枕にして縁側に寝転んでいた。

真那の胸に、嬉しさが込み上げる。

「神様、お帰りなさい」

頭を持ち上げて真那を視界に入れた神様は、上体を起こし、いつもの柔らかな笑みを浮かべた。

『ただいま、真那』

アーとウンが、神様の元へ全力疾走する。

全速力で神様に駆け寄ったアーは、胡坐を掻いた神様の傍らで身を寄せて丸くなり、ウンは神様の前で仰向けになって体をくねらせた。

「わ〜！　こらっ、駄目でしょ」

慌てる真那を可笑しげに見遣り、神様はウンの腹を撫でる。

ところどころ鱗に覆われている神様の白い腕が、まだ高い日の光に鈍く輝いた。

真那は神様と並んで縁側に腰を下ろす。久しぶりに訪れた時間が、とても嬉しい。

『あの律が……なんとも、粋な計らいだね』

「律姐さんと志生さん……神様の知り合いだって聞いて、ビックリした」

『そうだね。私も出雲で、柳楽涼介を調べて驚いたよ。なんとも奇異な巡り合わせだ』

神様が床をトントンと指先で叩くと、アーとウンは神様の前に並んで座る。

二匹の頭上に神様が手を掲げると、淡く青白い光が体を包み、小さな額に、伯池神社の神紋が浮かんだ。神紋はひと際強い光を放つと、二匹の中に溶け込んでいく。

キッという短い鳴き声を上げ、二匹は前足で器用に顔を洗う仕草をした。

『力をもっと強くしといた。これで、完璧』

満足そうに頷いた神様が、アーとウンの背中を撫でる。ちぎれんばかりに、二匹は大きく尻尾を振った。

『……なにも、聞かないのかい？』

神様の問い掛けに、真那の胃が縮こまる。

喋りたいこと、聞きたいことはたくさんあるのに、どれから尋ねればいいのか分からない。

神様は徳利を傾け、お猪口を御神酒で満たす。

『志生が口を滑らせていただろ？　私が元は人間で、修験者だったと』

真那は、神妙な面持ちで頷く。

『質問攻めにされるものだとばかり思っていたのに、予想に反して真那はなにも聞いてこない。いつもなら無遠慮に聞いてくるのに、今日は気を使っている。はなはだ不気味だ』

「だって、神様……言いたくないでしょ？」

『志生が真那に、この神社建立に関する物語が収録されている冊子を渡したときから、私の覚悟はできているよ』

神様は手にしていたお猪口を盆の上に置き、真那に向き直る。

『それで、なにが聞きたい？　今日だけなら、特別に答えてあげよう』

「……今日だけ？」

『今日だけ。明日は、もう駄目』

神様は、意地の悪い笑みを浮かべた。

「えっ、えっと……」

いざ聞いてもいいと許可が下りると、なにから聞くべきなのか、整理されていない頭の中は混乱してしまう。

「それじゃあね……神様が出雲にいる間に起きたこと、神様は、どこまで知ってる？」

『全部、知ってるよ』

「やっぱり、全部？」

問い返せば、神様は頷く。

『とても歯痒かった。だけど……離れていても、ちゃんと守れるように、真那に御守りを持たせてるんだ。御守りの役割は、ちゃんと果たせていたと思う』

今はおとなしく縁側の日向に丸まっているアーとウンだが、律が呪いを解除している最中には、真那に向かって襲い掛かって来たのだ。

その二匹を弾いて助けてくれたのは、神様が授けてくれた御守りの首飾りだった。

「律姐さんがね、神紋を見たときに、九字に蛇の目に剣って言ってたの。神様、九字ってなに？」

『神紋の中央に描かれている縦横の線のことだ。これが、四縦五横符という九字の印。臨兵闘者皆陣列在前と唱えながら、縦横交互に一本ずつ描いていく』

神様は刀印を結び、宙に一の字を描く。

『九字法や早九字活法と呼ばれていて、九という陽の最高の満ち数で陰を降伏させる。

邪悪なモノを退治したり、結界として邪悪なモノの侵入を防ぎたいときの護身法としても使っていた』

「神様が修験者だったときに、使ってたの？」

真那が問うと、神様は薄く微笑み、そうだよと肯定した。

『この神紋は、結界なんだ。荒ぶった大蛇が二度と出て来ないように、九字と剣で封じて二重に囲い……私の中に、閉じ込めた』

「神様の中に、あの大蛇を？」

『そう。だから、皮膚のところどころに鱗があるし、黒かった髪の色もこうなった』

「伯池神社の縁起絵巻に……志生さんから借りた冊子に書かれてた話って、本当なの？」

『美談に脚色はしてあるね。正義感があって取った行動じゃない。ただの自己満足でしかないのに……こんなふうに話が伝わって残るなんて、当時は夢にも思わなかった』

神様は眉を寄せて笑い、ところどころ鱗に覆われている自分の手を眺めた。

『真那の血筋を遡ると、私の友人である名主の跡取り息子に辿り着く。池の主をこの身に封じたあと、大蛇を鎮めるために社を建立して代々面倒を見ろと、私が指示を与えた。そして建てられたのが、この伯池神社だ』

神様の露草色の蒼い瞳に、真那は影が差したような気がした。

「神様……後悔、してる？」

『後悔は、していない……と言えば、嘘になる。断ち切ったつもりでいる想いは、想像以上にしつこくて、しばしば顔を出す。だから、実はいまだに手を焼いている』

サヨ、と囁いたときの神様を真那は思い出した。

神様の顔色を窺いながら、恐る恐るその名を口にする。

「それは、サヨって人が……関係してるの？」

神様は、切なげに微笑んだ。

『サヨは私の友人の妹で、名主の娘。池の主である大蛇が……人身御供に捧げよと、名主様の夢の中で告げた娘だよ』

「じゃあ神様は、サヨさんを助けるために？」

神様は、抜けるように青い小雪（しょうせつ）の空を仰ぐ。

『あの頃のサヨは、ちょうど今の真那くらいの年頃だった。本人には直接言えなかったんだが、私は、私を慕ってくれるあの子が愛しくてね。国中を渡り歩いていたから、年に数回しか会えなかったけど……この村に立ち寄ることが、とても楽しみだった』

白銀の髪が、神様の肩口にサラリと流れる。懐かしさが浮かぶ瞳に真那を映し、神様は温かな白い手を真那の頬に添えた。

『サヨも真那と一緒。おいしい物を食べているとき、とても幸せそうな顔になる』

神様は、頬に添えていた手を真那の頭に置いた。

『私はね、後悔していることが二つある。一つは、自分の気持ちを偽ったこと。もう一つは、あの子の想いに応えられなかったこと。私に……サヨと夫婦になる勇気がなかったんだ』

神様は真那の頭から手を下ろし、背筋を伸ばす。

『結論から言おう。柳楽涼介と佐々木真那に、縁はあった。真那の望んだ、良縁だ』

真那の口角が、徐々に上がっていく。ジワジワと押し寄せて来た嬉しさに、目の奥が熱くなってきた。

『だけど、この縁の糸というのは不思議な物でね。縁を結ばずに、一定の期間が過ぎると、新たに別の誰かへ繋がってしまう』

「縁は……同じ人と、ずっとじゃないの？」

『その時々で、人の縁は変わる。仲がよかった者同士が仲違えるのも、新たに気の合う友と出会うことも、全てが縁だ。必要な手続きは出雲でしてきた。あとは、真那の気持ち一つ。真那は……どうなりたい？』

真那はギュッと手を握り締め、神様を見上げた。

「神様は、私が……柳楽君が、誰かに似てるって言ってたの、覚えてる？」

微笑する神様は頷いた。

「柳楽君ね、神様に顔がソックリなの。でも私、柳楽君が神様に顔が似てるって気付く前から、自分でも自覚しないうちに……柳楽君に魅かれていってたと思う。不思議だよね。意識し始めたら、ちょっとしたことでヤキモチ焼いちゃったり、少しの時間会えただけで嬉しくなったり。手を握られても、嫌じゃなかった。恋愛成就をお願いする人の気持ちが、初めて理解できた気がする」

真那は両手を合わせ、心の底から溢れ出る願いを口にする。

「神様……柳楽涼介君と、私の縁を結んでください」

淡い輝きを放つ、光の粒が生まれた。

神様は、生まれたばかりの光の粒に手を添える。

『より強く結んでやる。今度こそ……途中で離れてしまわぬように』

決意を込めた眼差しを願いの光に注ぎ、神様は力強い笑みを浮かべた。

十

気に入って通販で買った、幾何学模様が描かれているポリエステル製の袷の小紋に、伯母が譲ってくれた雪輪が刺しゅうされている半幅帯を締めた真那は、メッセージを作成する画面とにらめっこしていた。

肩に乗ったアーと頭に乗っているウンも、真剣な面持ちでスマートフォンの画面に見入っている。

二学期の期末テストも答案は全て返却され、あとは約一週間後の終業式を待つばかり。だけど真那には、二学期が終了するよりも先に、終わりを告げねばならない問題がある。

お試し期間の終了だ。

ただひと言、涼介のことを名前で呼べばいいだけなのに、それができない。

ずっと苗字に君付けして呼んでいたのだ。なにかきっかけでもなければ、涼介を名前で呼ぶなんて、到底無理だ。

スマートフォンを投げ出し、上半身をベッドに突っ伏した。ベッドに飛び降りたアーとウンは互いに顔を見合わせ、フスフスとスマートフォンに鼻を近付けている。

「わーん！　呼び方って、難しいよー」

アーとウンの毛を掻きむしるように撫で回していると、スマートフォンが着信を知らせた。画面を確認すると、今現在、真那の思考を九割方占めている涼介の名が表示されている。

緊張から、喉の奥がキュッと締め付けられた。

早く出なければ、留守番電話に切り替わってしまう。姿勢を正して深呼吸をし、スマートフォンを手にして通話ボタンをスライドさせた。

「はい……真那です」

「ねぇ真那。神社で神様にお供えしたいときって、どうしたらいいの？」

「神社なら、社務所で頼めばいいと思うけど……それってちなみに、どこの神社？」

「伯池神社。今、到着したところ」

真那の脳裏に、茶目っ気たっぷりにVサインをする伯父の姿が浮かんだ。

「今、行くから待ってて！」

「いいの？　じゃあ、社務所で待ってる」

「待……って、切れちゃった」

社務所には、年末年始の準備を開始している伯父と伯母が確実にいる。もしも涼介が、自分は真那の彼氏だと伝えたら、伯父と伯母はどんな反応をするだろう。

嫌な予感しか浮かんで来ない。

クローゼットに掛けていた羽織を着て、マフラーを巻くと急いで玄関を飛び出した。

アーは肩に掴まり、ウンは頭の上に相も変わらず乗っている。

石造りの鳥居の脇に、一台の自転車が見えた。

あれは間違いなく、涼介の自転車だろう。

鳥居の前でサッと会釈をし、手水舎で手と口を浄め、走って社務所を目指す。

アーが肩から飛び降り、社務所へ向かって一足先に駆けて行く。真那の目にも、社務所の受付に、防寒着を身にまとった涼介の姿が確認できた。

アーは涼介の足元にじゃれつき、肩によじ登っている。首の後ろを掻くフリをしながら、涼介はアーの背中を掻いた。

「柳楽君！」

真那の声に気付き、涼介が振り向く。受付から伯父が顔を出し、ニヤリと笑った。

嫌な予感は、的中してしまったかもしれない。

「伯父さん！　柳楽君に、余計なこと話してないよね」

「話してないよー。だって伯父さん、口堅いもん」

膨らませた頬に人差し指を当てる四十男を信じることなど、真那にはできない。訝しげな眼差しを向けると、伯父は頬杖を突いた。

「本当だって。まずは涼介君のことが伯父さんは知りたいから。真那のことは二の次だよ」

「それはそれで、ちょっと複雑……」

面倒臭い子だね、と伯父は笑った。

「涼介君は、こんな子のどこがいいの？　僕が言うのもなんだけど、真那が優先するのは、絶対に涼介君じゃなくて神様だよ」

涼介は、受付に置いている紙袋に手を置く。

「知ってます。だから、真那が一番好きな神様に……挨拶と、お願いに来たんです」

「じゃあ少しでも、ウチの神様のことを知っていくといい。お母さん、アレ持ってきて～」

社務所の奥に向かって伯父が叫ぶと、松葉色の着物地に水仙が描かれている小紋を着た伯母が姿を現した。

「いらっしゃい。真那ちゃん、黙ってるなんて寂しいでしょ。彼氏ができたんなら、伯母さんにも教えてよね！」

涼介が彼氏だと自信を持って言えないのは、ただ真那の気持ち一つとなった今、苦笑いを浮かべることしかできない。

返答に困っていると、涼介の指先が真那の手の甲に軽く触れた。瞬時に、頬が熱を持つ。そして心も、じんわりと温かくなる。

伯母は、真那と涼介の様子を見て嬉しそうに目を細めた。

「はい、これ。できたてホヤホヤ。伯池神社のパンフレットよ」

「昨日やっと納品されたんだ。鳥居の所に立ってる、御由緒が書いてある看板も読みにくくなってきたし。参拝に来てくれた人には、ちゃんとウチの神様のこと知って欲しいからね」

真那は伯母の手からパンフレットを受け取り、中に目を通す。

涼介も一緒に、パンフレットに目を向けた。

神社の拝殿と本殿が一枚に収められている写真と、奥宮となっている池の写真が大きく使われている。真那が志生から借りた冊子に書いてあった縁起の内容と、縁日の日取り、御利益、参拝方法が記されていた。

「真那……ちょっと、借りていい？」

パンフレットを手渡すと、涼介は一点を凝視する。そしてポツリと、御祭神として書かれている神様の名前を呟いた。

「フシミハヤテヒノミコト……」

「いつも私が神様って呼んでる、神様の正式な名前だよ」

真那は、力がこもって白くなっている涼介の指先に気が付いた。

なにか、気に障る記述でもあったのだろうか。真那の胸に、不安が沸き起こる。

涼介の二の腕に触れ、そっと名を呼んだ。

「柳楽君？」

涼介の指先から力が抜け、一点を凝視していた視線を真那に向ける。真那の不安が伝わったのか、ごめんねと、涼介は微かに微笑んだ。

「神様の名前。なんかちょっと、気になって……」

再びパンフレットに目を落とした涼介に倣い、真那もパンフレットに目を向ける。

真那にとっても神様の名前は、どこか懐かしい。けれど同時に、切なさに苦しくなる音の響きだった。

だから真那は、いつもフシミハヤテヒノミコトを神様と呼んでいるのだ。

「涼介君。真那が来たんだから、神様のお供えは真那に託しなよ」

パンフレットから目が離せない涼介の前に、伯父は涼介が用意したお供えの入っている紙袋を置いた。

「真那のほうが、神様にダイレクトだから。ね、いいよね？　真那」

楽しそうに笑う伯父を見上げ、真那は憎まれ口を叩くことなく素直に頷く。

涼介が着ているコートの袖を軽く引っ張った。

「行こう、柳楽君」

うん、と答えた涼介の顔に緊張が走る。

半分に折ったパンフレットをコートのポケットにしまい、紙袋を大事に抱え、涼介は真那の伯父と伯母に頭を下げた。

「ありがとうございました。行ってきます」

「遅くなっても、伯父さんなにも言わないからね！」

Vサインをする四十男の神職へ、ついに真那は冷ややかな眼差しを向けた。

真那と涼介は、揃って賽銭箱の三歩手前に立ち止まる。アーとウンも、真那と涼介の両脇に並んだ。

タイミングを合わせて二人揃って軽く会釈をし、涼介が本坪鈴から垂れている鈴緒に手を伸ばしてガランガランと鳴らす。

深く二回礼をして拍手を二回打つと、頭上から神様の声がした。

『ほう……土産持参とは、いい心掛けだな。御堂の甥よ』

驚いた真那が顔を上げると、目の前には上機嫌な神様の姿があった。

「神様！」

「……神様？」

予想以上に大きくなってしまった真那の声に、涼介も顔を上げる。

怪訝な表情を浮かべている涼介と、目を細めて微笑を浮かべている神様。

同じ顔が二つある。

「ねぇ、真那。伯池神社の神様って、着物姿で、髪と肌が白くて、俺と……同じ顔してる？」

涼介の問い掛けに、真那の心臓が鼓動を速くする。

肯定してもいいのか、神様に視線を投げ掛け判断を仰ぐ。

神様は笑みを深め、首肯した。真那は神様に頷き返し、涼介の肩にそっと触れる。

「言ったとおり、ソックリでしょ？　よかったね。神様の……お姿が見えて」

途端に、涼介の表情が輝いた。

「うおー初めまして！　まだお試し期間中ですけど、真那さんとお付き合いさせていただいてる柳楽涼介です。今日は伯池神社の神様に、挨拶と……お願いがあって参りました」

『その、袋の中身は？』

腰を屈めた神様は、涼介が手にする紙袋に興味津々だ。

「ひっ、瓢庵(ひさごあん)の……芋羊羹です」

涼介は、おずおずと紙袋を差し出す。神様は嬉しそうな笑みを浮かべて受け取った。

『ほう、あの瓢庵か！　一度、食べてみたかったんだ。ありがたく頂戴するよ』

中を確認し、神様は明るく声を弾ませる。心の底から嬉しそうな神様に、真那は苦笑いした。

「神様、ゲンキン……」

『心外だな。真那が言っていただろ？　瓢庵の芋羊羹は、一日十本しか作られない限定品だと。それを土産に選び、持参した心意気が嬉しいのだ。供物とはね、心だよ』

神様は笑みを深め、緊張に身を強張らせる涼介に向き直る。

『して、御堂の甥よ。願いとはなんだ？　言いにくいのであれば、真那の耳を塞いでおこう』

「いっ、いえ。その……」

言い淀む涼介は、神様が言うように、真那を気にしているようだ。

「涼介君。私、あっち行っとこうか？」

「いや、真那はここに……って、え？」

涼介は目を瞬かせ、信じられないといった面持ちで真那を見る。

「聞き間違いじゃ……ない、よね？」

真剣な表情で慎重に確認する涼介に、頬を染めた真那はコクリと頷く。

「お試し期間、終了？」

もう一度頷くと、涼介は両手を握り締め、思い切りガッツポーズをした。

「やった！　神様にお願いする前に、俺の願い叶った」

全身で喜びを表現する涼介に、真那も自然と笑みが浮かんでくる。涼介の喜びを共有しているのか、アーとウンも万歳をするように前足を上げて立っていた。

「わ〜ヤバい、マジで嬉しい！　俺、凄く嬉しい。なんか嬉し涙出てきたよ」

涼介は腕で目を擦り、神様に無邪気な笑みを向ける。

「神様！　最初に思ってたのと、違う願い事でもいいですか？」

『もちろん、いいよ』

真那の手を握り、涼介は神様に頭を下げた。

「これから、ずっと真那と仲よく暮らしていけますように！　お願いします」

涼介の頭上に、淡い輝きを放つ光の粒が生まれる。

涼介が、心の底から願ったという証拠の光。

淡く輝く願いの光は、蛍のように漂いながら神様の元へと向かう。

涼介の願いの光に手を添えて、神様が指をパチリと鳴らす。するともう一つ、どこからともなく光の粒が現れた。二つの願いの光を手にして、神様は笑みを深める。

『これは、柳楽涼介と……縁を結んで欲しいと望んだ、真那の願いの光』

「わっ、駄目！　やめて神様っ」

願いの内容を暴露され、真那は挙動不審になってしまいそうだ。

涼介の様子を窺えば、顔を赤くしながら、驚きに目を見開いている。

神様がいったいなにをどうしたいのか、真那には理解不能だ。

「も〜なんで言うの？　信じらんない！」

恥ずかしさに顔を覆うと、真那は涼介の腕の中に閉じ込められた。

涼介の腕にこめられた力は強く、容易に抜け出せない。離れようとすると、涼介はさらに力を強くした。

『感慨深いな』

「ねぇ神様……それ、どういう意味？」

不満に頬を膨らませ、涼介の腕の中から神様を見上げると、予想に反して神様は微笑んでいなかった。

露草色の蒼い瞳は、鋭さと真剣味を宿している。

真那と涼介の願いを手にしたまま、ひと言いいかい？　と神様は涼介を呼んだ。

神様の呼び掛けに応じ、やっと涼介は真那を腕の中から解放する。神様に向き直った黒い双眸には、なにを言われるのだろうかと、不安の色が浮かんでいた。

神様は膝を折り、自分を見上げる涼介と目線を合わせる。

『いいか。真那を裏切れば、私は荒ぶるぞ』

余韻を持って耳に残る、神様の低い声。

涼介は真剣な面持ちで頷くと、意を決したように口を開いた。

「信じてもらえるか分からないんですけど……高校で初めて会ったのに、真那のことをずっと昔から知っている感じがするんです」

涼介は、隣に立つ真那に微笑み掛ける。

「多分だけどさ……きっと、真那とは前世からなにか縁があると思うんだ」

神様に向き直り、涼介は真那の手を強く握った。

「俺は、この縁を大事にしたいです。だから、真那を裏切るようなことはしません」

神様は涼介の言葉を受けて微笑み、すっくと立ち上がる。

それぞれ手にしている願いの光をピタリと添わせれば、二つの光は溶けて混ざり合い、一つの願いの光となった。

淡い光は輝きを増し、まるで夜空に瞬く一等星のようだ。

神様は願いの光を胸に抱き、やっとだ……と独り言ちる。

『今度こそ、最後まで添い遂げよう』

語り掛けるように優しく囁く神様の唇が、サヨ……と、愛おしい人の名を紡いだように、真那には思えた。

終

参考文献

『妙術秘法大全』松田定象（神宮館）
『面白いほどよくわかる家紋のすべて』安達史人（監修）（日本文芸社）
『知識ゼロからの神道入門』武光誠（幻冬舎）
『神社ものしり帳』長崎県神社庁教化部
『図解　陰陽師』高平鳴海（編）（新紀元社）
『図解　巫女』朱鷺田祐介（新紀元社）
『図説　日本呪術全書』豊島泰国（原書房）
『実践講座①呪術・霊符の秘儀秘伝』大宮司朗（星雲社）

その他、草木染めの方法・機織りの方法・和の色彩については、インターネットのサイトを参考といたしました。

本書は、二〇一五年一月、弊社より刊行された単行本『刻の氏神』を改題のうえ加筆・修正し、文庫化したものです。

本作品はフィクションであり、実在の個人・団体などとは一切関係がありません。

文芸社文庫

神様とゆびきり

二〇二〇年七月十五日　初版第一刷発行

著　者　佐木呉羽
発行者　瓜谷綱延
発行所　株式会社　文芸社
〒一六〇-〇〇二二
東京都新宿区新宿一-一〇-一
電話　〇三-五三六九-三〇六〇（代表）
〇三-五三六九-二二九九（販売）
印刷所　株式会社暁印刷
装幀者　三村淳

ISBN978-4-286-21493-1